꽃의 힘

남들 보기엔 별것 아닌 아픔이어도
삶보다는 죽음을 더 가까이 느껴보며 혼자 누워있는 외딴섬,
무너지진 말아야지 (이해인_시인)

꽃의 힘

심장근 시집

인쇄일 | 2024년 11월 21일
발행일 | 2024년 11월 25일

지은이 | 심장근
펴낸이 | 김영빈
펴낸곳 | 도서출판 시아북(詩芽Book)

출판등록 | 2018년 3월 30일
주소 | 대전광역시 동구 선화로214번길 21(3F)
전화 | (042) 254-9966
팩스 | (042) 221-3545
E-mail | siab9966@daum.net

값 12,000원

ISBN 979-11-94392-15-6(03810)

* 저자와의 협의에 의해 인지를 생략합니다.
* 잘못된 책은 바꿔드립니다.

* 이 책은 2024년도 충청남도, 충남문화관광재단 의 창작지원금을
지원받아 제작되었습니다.

꽃의 힘

시에 나오는 어머니, 아버지, 누이, 별, 그와 그녀는 모두 꽃을 의미하며,
그 꽃이 주는 힘은 생성에서 소멸로 가는 시간 속 존재의 아름다운 기록입니다.

(유준_ 화백)

심장근 시집

서문

시는 혼자말입니다.

하루종일 아무말 하지 않았어도 저녁에 잠자리에 누우면 누군가와 많은 이야기를 주고 받은 듯합니다. 누군가와 주고 받은 그 말들을 적어보았습니다.

사는게 참 좋습니다.

2024. 초겨울

심장근

2부

꽃의 힘

3부
아침에 핀 꽃 저녁에 줍다

4부

은고양이 아홉 마리

6부

외로움을 여행하다

7부

살려야지

1부

두부

…온양 전통시장에 가면
손으로 만든 두부를 한 모 산다
모락모락 두부에서도 김이 오르는 아침
서리 하얗게 내린 시장 한 곳에서
함께 아침 맞고 있는 저 꽃집의 꽃들

햇콩

시장 바닥에 쪼그려 앉아
햇콩을 한참 들여다보는데
햇콩 한 다발이 스르르 내 앞으로 오네
…3천 원여, 어여 가져가
도고에서 오셨다는 허리 굽은 그녀는
오래된 틀니를 덜거덕거리며 말씀하셨어
…저승에 가신 울 엄니 오셨나 했네!

모자 안에는

모자걸이에 걸려있는 모자 안에 얼굴이 들어있는 듯해서
하나하나 젖혀보았어
처음엔 몸을 낮춰 들여다보는데
…그리 심들게 찾지말고 홀떡 젖혀보셔
자기도 언젠가 그렇게 했었다는듯이
시장 안쪽 모자점 주인아저씨는 모자를 젖혀보여주시네
…수 많은 모자 중에서 어느 모자 안에
엄니 찾으러 지난 가을 먼 길 떠난 아부지 얼굴 들어있을래나

캐리어

찬바람 나면 여행 한 번 가자
남들처럼 질질 끄는 가방을 우리 끌어보자
치매 걸리기 전 엄니는 자주 말씀했는데
캐리어 하나 사다 놓으니 그걸 베고 잠드셨어
베개도 넣고 세상에서 제일 예쁜 꽃 기저귀도 넣고
그러다가 여행용 꽃상여 타고 멀리 가셨어

그 가게

지나가다 보면 긴 줄이 있는 그 집
오늘은 가게 앞이 한산하다
문 앞에 쌓여있는 빈 박스를 이따금 두드리며
문도 닫힌 채 모퉁이길 바람만 지나간다
화분 안의 봉숭아꽃 옆에 쪼그려 앉아 조금 더 기다려본다
…살 거 없으면서도 괜히 궁금한 날

그 국밥집

어디로 가는지 나도 따라가 보는 거다
맛있는 그 장터 국밥집 가자는 저들 얘기를
저기 신호 기다리며 횡단 보도에서 난 슬쩍 들었네
순대 많이 주고
오돌 뼈는 한 줌이나 넣어준다지
둘이 먹으면 맛있는 음봉막걸리도 공짜라는데
…아직 점심 안 먹었으면 친구야, 너도 어서 나와!

재활을 위하여

어느 때는 지는 꽃도 생일잔치에 가고
거기 가서 드라이플라워 되어 다시 살고
어느 때는 새로 나온 풀도 초상집에 가지
거기 가서 이쁜 봉분 잔디 되어 다시 살지
지는 꽃인 날도 충무재활의학과 의원에 나는 가고
새로 돋은 풀인 날도 충무재활의학과 의원에 가네
고무나무 새로 나온 가지 바르게 잡아주다가
뻐긋한 어깨 통증 잡는 날도 나는 가네
수많은 바늘자국마다 새로 돋는 살이 거기 있어서!

그 약국

눈이 내립니다 앞문으로 오세요
그대 오는 거 기다리며 앞문 앞 눈을 쓸었습니다
두 발 굴러 무릎의 눈을 그곳에 털고
어깨의 눈도 그곳에 털고 들어오세요,
어떤 약을 먹어도 좋은 꿈을 꾸는 드림약국
그대 찬 이마를 위해 히터 눈금 하나 더 올립니다

수선 천국

수선 천국에서는 누가 버린 화분에서도 꽃이 피네
꺾인 줄기도 다시 붙고
떨어진 잎눈에서도 뿌리가 나는군
여름 한철 지나고 가을이 와서
화분을 들여놓으려고 들어보았더니
뿌리와 바닥이 연결된 흰 실뿌리들도 있네

명품의 조건

명품의류전문점 주인 여사님은 핑크핑크
밤이면 불을 모두 켜서 골목 멀리까지 환하지
늦게까지 힘들다, 셔터 앞 핑크 나무 데크에 앉아서
시장 다방 천오백원짜리 냉커피도 마시지
혼자는 아니야, 러시아댁 예카테리나도 함께 핑크핑크
함께 있는 자투리 시간의 평화
힘내는 방법이 뭐 따로 있는가!

소화전

불이 나면 이웃집 물건 먼저 꺼내주지
이웃집은 그 이웃집 그 이웃집은 또 그 이웃집의…
소방용 물이 언젠가는 오겠지만
불을 끄는 물은 이웃집의 물이 더 먼저 오네
지난 가뭄 때도 그랬어
물은 나누어 마실 때 마르지 않는 거!

감 떨어지다

시장 끝 골목 오래된 포목점 여든아홉 살 그녀는
푸른 감물 들여 감색 저고리를 잘 만든다
깃을 달고 옷고름은 홍시로 물들여서
해마다 엄니한테 옷 한 벌 보내주곤 했는데
여름을 못 넘기고 감밭골 요양원에 갔다는군
오래된 포목점 며느리도 푸른 감물 잘 들인다는데
이렇게 자꾸 감 쏟아지면 홍시 옷고름은 어쩌는지…
바람아, 감나무 흔들고 가는 바람아
너도 너의 그녀 옷고름을 풀어보고 싶었구나

탱자가 익어 가네

억센 가시가 향긋한 열매를 얻는 시간
한여름 뜨거운 햇빛과 쏟아진 빗줄기와
바람과 어둠이 탱자 열매 안에서
향기로운 맛으로 가득 들어앉는 시간

온양시장에 뭐 있는지 이젠 잘 아네
결혼해서 1층에 이사 온
멕시코 아가씨 루드베키아도 삼 년 지났지
이젠 탱자 술 담는 거 알고 한 줌 얻어가고…

밀짚모자

가을 오는 시장 길목의 밀짚모자는
이제부터 그 안에 시원한 바람을 모아둔다

선장 인주 영인 둔포 들판의 들바람과 도고 음봉 송악의 산
바람을 밀짚모자 안에 모아서 내년 여름 시장 골목에서 다시
적당한 값에 내어놓으려고 하는 거다 바람 값은 받지 않고
바람 담긴 밀짚모자만 팔아도 그럭저럭 남는 장사, 그마저
자릿세 내고 나면 빈손을 털지만 아무 일 없이 잘 보낸 하루가
내일을 위한 자본이 되는 거다

하나 사서 눈 오는 날 쓰시라고
아버지 이쁜 무덤 봉분에 올려드려야겠네

바람

바라는 거 있어도
큰 거 바라지는 않네

　막내딸 찬바람 나기 전에 무사히 쌍둥이 잘 낳고 아이들도
건강하면 좋지 내 무릎이야 늘 시큰거리는 거, 저녁에 자기
전에 신신파스 바꿔 붙이면 되여 마당가 텃밭에서 그럭저럭
여문 땅콩 두 됫박 가지고 나왔는데 저기 시장은 자릿세가
오직 오져야지 땅콩 임자 있어서 만원이면 넘기고 들어갈라
네 고등어 한 손 사서 한 마리는 햇무 넣어 지져 먹고 한 마
리는 소금 간 했다가 신랑 제사상에 올려야지 너무 이르게
나왔나, 사람이 드물어

　큰 거 한꺼번에 이루어지면 외려 불안한 거
　작은 거 차곡차곡 쌓이는 재미를 늬가 아남!

옥수수

  스마트폰을 보며 길을 가는
폰사피엔스가 얼마 전부터 곳곳에 출몰한다

  찰옥수수를 사오라고 했는데 어디 찰옥수수인지 잊었다
시장에 가면 있다고 했던 거 같기도 하고 거기가 아닌 거 같
기도 하군 메시지를 보내서 다시 확인하는 거네 그의 통화는
대개 길다 메시지 확인은 아직도 하지 않는구나 찰옥수수 집
을 한 군데 지나고 좀 더 시장 안으로 들어가네 드디어 메시
지를 읽었다 시장이 아니라 희안마을로 가라는구나

  여기 맛과 거기 맛을 그는 구분할까
여기 몇 개 사고 거기 가서 몇 개 사서 섞어봐야겠다!

햇빛 찾아들다

오늘 햇빛은
좌판 끝머리 여기까지만 들어올 것

과수원에서 직접 받은 햇사과를 늘어놓고 보기 좋으라고
색깔도 맞춰놓고 고르기 좋으라고 크기도 맞춰놓고

사과 고르다 말고 캄보디아에서 온 킴 완뎃은 아침저녁
찬바람 난다고 벌써 목에 두를 스카프를 찾네 추분 지나면
스카프 찾는 이들 꽤 있어서 미리 준비했지

우리 작은 가게도 어둡지 말라고, 추분 지난 햇빛은
날마다 한 뼘씩 가게 안으로 들어 오네

함께 있다

장날 장을 보다가 가드레일에 잠시 앉아쉰다
때가 그런 때가 되었는지 엉덩이가 차갑군
온갖 과일은 나와서 좌판에 환하고
온갖 채소도 싱싱한데
어디 가서 제사상을 준비해야 하는지
낮은 익은데 시장통 방향을 잃어버렸어
조기 한 마리 대추 한 줌 북어도 사야 하고
미역도 사고 고기도 한 칼 사야 상을 메꾸지

가을이 깊어가는데 콩도 거두어야 하는데
이맘때 먼 길 떠난 그 영감은 게서 잘 있는 지…
그가 잘 있는지
이따금 궁금해 하는 것도 그와 함께 있는 거

이런 즐거움

마네킹도 어딘가 가고 싶은 가을
꽃바지 입고 오래전부터 시장통로에 나와 있네
굽이 높고 흰 국화 닮은 구두를 신고
어딜 가든 가고 싶은 날
일흔아홉 살 그녀는 알밤 한 바가지 들고나왔네
누구도 맡아놓지 않은 자투리 맨바닥에
밤을 풀어놓고 햇살 맞이하는데
여기서 한나절 지내면 장도 끝나고
밤 한 바가지 그냥 싸 들고 돌아가야 할지 모르지만
새 신신고 여기 와서 한나절 보내는 거 좋지
일찍 팔리면 일찍 돌아가야 하는 빈집
찬밥 한 덩어리 먹고 밤을 맞이해야 하는 집…

좋은 날

햇살이 좋아서
물리치료 받은 허리도 가뿐 해서
두리번거리며 시장길을 갔네
이 가을날 누군가가 뒤에서 부르는 소리
이 가을날 만나는 반가운 얼굴
배방산 기슭의 창수시인님 고운 각시가
햇살 가득 받으며 거기 서 있네
시장 가득 더 싱그러운 햇살이 퍼지고
몇 걸음 함께 걷는 좋은 날
시장길 파란 하늘은 더 높아지고…
좋은 햇살보다 더 좋은
사람이 좋은 날!

햇살 뜨개

햇살 뜨개를 아시나?
바닥에 내려놓는 색색의 뜨개물
거친 손으로 빚어내는
어릴 적 앞산의 그 무지개
굽은 등은 더없이 정답고
바닥은 햇살에 데워지고…
색실 뜨개를 보았나?
장갑과 입마개와
칠레댁 다니엘라한테 꼭 맞는 토시도 있네
마주 앉아 이것저것 만져보는 동안
나도 따뜻해지고

만져보다

가을날 짧은 해는 벌써 저물어갑니다
도라지청도 호두강정도 그 자리에 남기고
울긋불긋 따뜻한 타올도 두고갑니다
사고 싶은 거 정하지 않고 나오셨거든
손에 잡히는 거 아무거나 들고 가세요
가을 햇살과 깊어가는 가을 밤이
익히고 띄우고 쓰다듬은 맛이 그윽하지요
시장 골목 저기 끝까지 가지 못하고
일찍 문 닫은 쌀집으로 스며든 짧은 해를 따라
궁화리 가는 마을버스도 곧 끊어질 텐데
그냥 이것저것 만져만 보고 가셔도 좋습니다
내 것 안 되어도 쓰다듬는 일이 어디 쉬운 일인가요!

떡

떡을 나누는 꿈을 꾸었네
빈 그릇이 돌아오지 않고
햇고구마 가득 담아 넘겨받았어
떡을 보내고 고구마 받는 꿈대로
앞집 떡집에서 떡을 주는군
나도 햇고구마 한 줌 담아보냈네
날은 자꾸 서늘해지고
맨바닥도 차가와지네
그래도 5일장이 아니면 문금리에서
사람들 얼굴 구경할 수나 있나
다 못 팔고 남으면 고구마 떡도 하라고
툭툭 털어주고 가면 되지
툭툭 털어주고 빈 바구니 들고 가면
문금리 저녁놀은 더 곱더라

아주까리

    온양 장날 시장 구경을 하는데 여든두 살 여전히 고운 황
골 사는 그녀는 오늘은 아주까리잎 부각을 만들어 왔네 서리
내리기 전 마지막 잎이라서 더 고소하다면서 찹쌀가루 뽀얀
부각 하나 꺼내어 내 입에 넣어주는데, 언제적부터 손가락에
낀 금반지인지 닳을대로 닳아서 반짝였네 작년까지만해도
듬직한 여든다섯 살 신랑이 오도바이로 버스 타는 데까지 데
려다줬다는데 이젠 장이 끝나면 동네 입구에서 버스 내려 그
신랑 누운 산등성이 바라보며 걷는다지 어둔 길 걸으며 흥얼
거린다지

    그가 좋아하던 아주까리 어린잎 부각은 맛있고
    저 산등성이 초저녁별도 여전히 반짝거리네

2부

꽃의 힘

…나만 보려고 꽃을 심지는 않네
집 없는 동네 고양이도 분꽃더미 아래 깃들고
우즈베키스탄에서 시집 온 마리아도
봉숭아 꽃잎 따서 손톱에 꽃물 들이지

누군가 만날 것을

손톱을 깎고 버릴 곳이 마땅하지 않아 군자란 화분에 슬그
머니 밀어넣었다 겨우내 방 안 한구석에서 큰 잎을 펴고 가
만히 앉아있던 다섯 살짜리 군자란도 달력의 오늘은 입춘이
라는 글씨에 무슨 기미를 느꼈는지 불쑥 꽃 망울을 내밀었다
곧 꽃이 필 텐데

내가 밀어 넣은 내 손톱도 꽃의 한 부분이 될래나

날아오르다

　누에를 쳤다 뽕잎을 먹이고 누에똥을 때맞추어 치워 주었더니 누에도 때 맞추어 고치가 되고 나방이 되었다 그 중에 몇은 푸른 뽕잎 위에서 고치가 된 다음 날 마르기도 했지만 여러 마리는 우윳빛 날개를 펴고 나방이 되어 날아올랐다 햇살이 비쳐 든 그 뽀얀 날개의 투명함이라니! 어느 꽃에 가서 저 나방은 내려앉을래나

　누군가 만날 것을 정하고
　나방은 누에고치에서 나오는지 모르겠다

별똥별은

　어제 그 별의 개수와 오늘 별의 개수가 맞는지 별을 세고 있는데 별똥별 하나가 길게 줄을 그으며 연밭으로 떨어졌다 낮에 연밭에 갔을 때 연꽃은 모두 지고 푸른 꽃받침에 연자들이 총총히 박혀있던데 어느 연꽃 받침에 연 씨 하나가 부족 했었나보다

　별똥별은 처음부터 어느 연밭을 정하고
　비어있는 어느 연꽃 씨방을 향하였는지도 모르겠다

눈맞춤

　버스가 와서 섰다 잠깐 일어섰다가 내가 기다리던 버스가 아니어서 다시 앉았다 사람들이 버스에 타는 동안 버스 안에서 누군가 나를 바라 본다 버스를 기다리며 앉아있는 나와 버스를 타고 가는 저 사람과 잠깐 동안의 눈맞춤은 무엇을 의미하는 걸까?

　버스는 처음부터 설 곳을 정하고 왔다
　나는 오늘 처음 이곳에 와서 버스를 기다렸다

마스크를 쓰고

처음 그를 보았을 때 마스크를 쓰고 있었는데 두 번째 보았을 때도 마스크를 쓰고 있었네 지금 어느 가을 모퉁이 길이나 기차역 광장에서 스쳤을 때 그가 마스크를 벗으면 나는 그를 몰라보겠네 그가 먼저 나를 알아보고 손을 들어도 나는 그가 그인지를 모를 테지 그가 마스크를 쓰고 눈 인사를 한다면 수 많은 눈들 중에서 그윽한 그 눈의 그를 여전히 알아보겠네

코에 면봉을 깊이 넣고
'코로 나'온 검사 결과를 초조하게 기다리던 시대
우리들의 눈에 담긴
우리들 눈의 이야기

그때 비추다

빈 박스 차곡차곡 쌓는 동안은 손수레 끌고 갈 길이 높은
지 낮은지 경사가 급한지 모퉁이 길은 얼마나 있는지 신경
쓸 거 없지 서로 다른 집에서 나온 박스들을 잘 펴서 맞닿게
손수레에 쌓아주면 박스들도 오랜만에 그 벌린 품을 접고 서
로 기대어 쉬는 거다 오늘은 손수레가 넘친다 이쪽 저쪽 끈
으로 잘 묶고 길을 건너는 아침, 길 건너 새로 지은 집 통창
에 유리를 끼우는가보다 유리가 거울이 되어 그의 앞에 있다
손수레 끌고 길을 건너는 일흔아홉 살 허리 굽은 그가 보인다

그는 마침 이때 길을 건너고
유리는 마침 그때 거울이 되어 그를 비추고

숲에서

　봄 내내 어둠 속에서 울던 소쩍새를 찾아나섰어 숲은 낮에
도 어둡고 8월 막바지 더위는 숲의 습기를 만나 물기가 되어
뚝뚝 떨어졌네 골짜기를 따라 오르는 동안 오래전에 와 묻힌
누군가의 무너진 무덤도 만나 손을 들어 인사하고 갈참나무
컴컴한 숲으로 들어섰네 여기 어디쯤에 있을 거라 몸을 낮추
어 나무들의 튼튼한 줄기를 더듬어 깊은 숲을 바라본 순간,

　조금 전 좁은 산길에서 나와 마주친
　처음 본 젊은 누이의 눈이 저러했던가!

여기 살면서

　빨간 운동화에 빨간 가방 메고 여름도 저물어가는 숲길을 걷는 누이야, 여름내 풀들은 넉넉히 꽃을 피웠고 그들의 발아래 검은 씨를 떨구고 있지? 키 큰 나무들도 키 작은 나무의 어깨에 손을 얹고 저쪽 연못에서 여기 나무 의자 뒤까지 날마다 그림자 앞세워 왔다가곤 했네 누구도 멈춘 시간 없이 그날그날 움직이며 지구별의 반짝임에 반짝임을 더한 거였어 짙은 녹색의 숲에 문득 나타난 하늘색 누이의 반짝임도 여기 지구별의 반짝임에 더해졌다는 거

　어느 곳이든 그냥 슬쩍 보아도 반짝이는 이 세상
　처음 만나도 오래전부터 만난 듯싶은 사람들…

오늘도 궁금

자주 가는 카페 한 곳 정해두면 좋은 일이 많아 주인이 먼저 보고 밝게 인사 해주거든 날마다 밝은 마음은 아닐 텐데 갈 때마다 밝은 인사를 받으니 나도 밝아져 오늘따라 밝은 기분은 아닌데 나도 그냥 밝아지네 논과 논사이 콩은 무성하게 자라서 건너편 아우집에 가려면 돌아서 가야하는데 오늘은 자주 가는 카페에 그냥 머물어야겠네 아우 살아있을 때 좋아하던 아이스아메리카노 하나 더 시켜놓고 여전히 남아있는 아우 전화번호로 메시지를 보낸다

지금쯤 어느 별에서 빛나고 있는지 오늘은 더 궁금
자꾸 하늘이 보아지네 자주 가는 카페 창문이 밝음

나비 또는 봄밤의 바람

드디어 나비가 날아올랐다
오늘 밤에도 별은 나비들의 날개에서도 뜬다

별의 다섯 꼭지마다 하늘과 동서남북의 방향이 정해지고
숨죽이고 있던 숲의 나비들이 일제히 혼례를 치른다

살아있는 시간은 죽어있는 시간의 반대편에서
연둣빛 나비알 하나 받아 들고 볼 부풀려 온기를 불어넣네

섬초롱꽃

섬초롱꽃이 피었다 햇볕이 잘 드는 풀밭이나 절사면 등에 산다 오늘은 그늘이고 돌밭이고 평탄한 마당 한 모퉁이에 있네 배수성이 좋고 척박한 토양에 주로 생육한다는데 저 곳은 그 곳인가 보다 올해 처음 날개를 편 어린 딱새 한 마리가 섬초롱 한 송이 툭 치고 날아오르는군 누가 누군가를 툭 친다는 거, 그 때 잠을 깨기도 하고 꿈이 깨기도 하고

처마 아래 누이 닮은 초롱 하나 놓고
나는 여전히 꿈을 꾼다
건조하고 척박한 땅 한 모퉁이
그곳이 오래전부터 빈 곳으로 나를 기다리던 곳

담배에 관하여

나도 담배 피워봐서 아는데 즐거울 때보다는 어려울 때 피우는 담배 맛이 훨씬 좋았어 하루에 두 갑도 피운 적 있었으니까 두 갑만큼 어려운 일이 있었던 모양이지 지금은 안 피운지 20년 좀 더 됐어 가끔 꿈속에서 담배를 피우기는 하는데 아마 몽고 반점같은 거나 아기가 엄마 젖 놓고도 젖 빠는 짓하며 자는 것과 같은 거겠지 지금은 어려운 일이 없느냐 하면 그렇지는 않지

죽기 열흘 전쯤부터 다시 피워볼 생각인데
죽는 일도 어렵지 않게 생각되면 그냥 끊어야지, 뭐!

함께 하는 추락은 아름답다

엘리베이터를 타자마자 한쪽 벽에 어깨를 기대는 12층 멋진 일본 대학생 하야시, 왼쪽 다리를 접어 오른쪽 다리 무릎에 대고 비스듬히 벽에 기대어 서서 오늘도 어딘가로 메시지를 보내는 이 아침, 아마 오하요겠지! 저 벽에 온몸을 기대어도 기대면 추락위험이라는 말은 해당 없음 또는,

끝없는 추락이 이어진다고 한들
이미 우린 서로 기댄 걸 어쩌겠는가

꽃 앞에 앉아있다가 온

이쪽에서 본 구름과 산 너머에서 본 구름이 다르네 산을 넘
는 동안 새로 태어난 찌르레기 어린 첫걸음을 돌보느라 잠시
멈추었는지 새 날개를 닮았군 그냥 세상에 왔다가 가는 목숨
은 없는 거, 본 적도 소리를 들어본 적도 없는 찌르레기 어린
눈을 생각하며 저기 앞서가는 구름을 보는 거네

구름도 진다 저 구름은
산을 넘어오며 지는 꽃 앞에 앉아있다 온 구름인 거다

포도를 보면

　포도가 익었으니 포도 따러 오라고 영동 사는 친구한테서 연락이 왔어 머루포도라서 더 달고 맛난 포도를 다 따기 전에 직접 와서 포도도 따고 포도주도 마시자고 했네 죽을 날이 가까워졌나, 지난해에는 포도 따고 포도주도 택배로 보내주더니 얼굴 보고 싶다고 오라고 하네 맞네, 우리 집도 포도밭 있었을 때 이맘때는 보고 싶은 얼굴이 있었어

　포도밭에 포도 따러 갔다가 소나기 만나고
　소나기 만나 흠뻑 젖고 오는데 앞산에 무지개 떴다
　앞산 어디쯤 무지개는 숨어있었는지 나는 안다
　잘 익은 포도송이 주고 싶었던 누이 누워있는 그 산등성이!

매미가 우네

　그 마을에서 아이들이 떠난 지 오래 되었네 폐교의 긴 복
도 끝 창문에 칠엽수 넓은 잎이 닿은 9월 아침, 가는 여름의
뒷자락을 잡고 매미가 우네 어느 노래든 어느 음악이든 끝날
무렵 부분은 비장함이 깃든 선율로 마무리되는 거, 세상의
수 많은 매미들이 나누어 부르던 한여름 끝의 노래는 비장하
군 아마도

　저 들판의 가을배추들이 푸른 빛으로 일어설 때
　세상의 매미들은 배추밭 둑에서도 다시 칠 년의 꿈을 시작
하겠네
　그 어둠과 그 스산한 바람과 나뭇가지에 내려앉는
　별들의 수많은 음률이 낯익네 하면서…

오늘 만난 사람

고양이도 만나는 사람이 따로 있네 그냥 그냥 만나고 지내는 사람은 만나는 사람이 아니지 눈을 마주 보고 손을 내밀어 온기를 나누고 내가 먹어 내 피와 살이 되는 음식을 나누는 이가 오늘도 만나는 사람이지 그 숨소리와 그의 나지막한 노래와 그 가슴의 천둥과 무너짐도 들어주는 이가 오늘 만난 사람이지 고양이가 자라는 수많은 날 중의 어느 하루엔 나도 쑤욱 자라는 거, 뿐만아니라

보이지?
저 작은 손과 발이 새 하루를 불러오고 채우는 거!

가을 날

고추가 남아있으니 먹을 만큼 따 가라고 동네 형한테서 전화가 왔네 엄니 아부지 산소 벌초하고 내려오는데 추석 때 보자면서 산에서 내려오는 산모퉁이 찔레덩굴 숲 옆 고추밭을 일러주는군 붉게 익은 고추는 이제 별로 없고 푸른 고추가 남아있네! 익을 때를 놓치면 고추도 익지 않는구나 매운 맛은 그런대로 남아있겠지 고추장에 찍어 먹다보면 밥 한 그릇은 저절로 비워지는 거

그러는 중에도 땅 가까운 고추는 몸을 구부려서
땅을 찌르지 않네 열매의 저 공손한 구심력

함께 있었던 날들

분꽃이 피는 동안 사과는 붉게 익어가고 매미는 마저 허물을
벗고 산벚나무 새 가지로 날아올랐네 앞 집 여든일곱 그녀도
무사히 먼 길을 걸어 그가 다녀온 수많은 곳 중에서 가장
좋은 곳을 닮은 저승의 그곳에 닿았을 거다 누구에게나 파란
하늘을 보는 끝날이 될 수 있는 오늘

함께 있었던 날들은 오늘도 기억되네
함께 있었는 동안은 아주 작은 일도 아름다웠던 거!

3부

아침에 핀 꽃 저녁에 줍다

…오래 피지 않는 꽃도
피어야 할 때 피어서 우리 곁에 온다
그 잠깐의 순간에
우리는 일생을 짓네!

약사여래불

    꽃 얼굴을 보면 그 꽃 이름 생각날까, 숲에 숨은 작은 암자를 찾아갔네 나이 드신 누렁이는 여전히 산문 안 댓돌 옆에 엎드려 잠자다가 잠시 눈 떠 나를 보고 다시 안면에 드네 미안하군!

    누렁이 코끝에 약식 합장하고, 뒤울안에 그 꽃이 있어서 나무 기둥 모퉁이 돌아서는데 언제 그렸는지 베보자기에 약사여래불 한 분 나풀거리시네 죽으면 한 겹만 몸을 감싸 장작 위에 올려달라시던 그 빛바랜 베 한 조각에 여든두 살 자꾸 흔들리는 손으로 그린 스님 얼굴 닮은 약사여래불 옆에 만삼꽃이 환한 날, 그래, 만삼

    그 앞에 서야 꽃은 제 이름을 말하는군
    이름 잊은 오래전 그 사람은 지금 어디 있을까!

분꽃, 피다

얼마 안 있으면 수용되는 마을이 있네 마을 하나 없어지는
거지 오래된 황토벽도 없어지고 창문도 없어지고 별을 바라
보던 골목길도 없어지는 거네 대추나무 아래를 지나 학교에
가던 아이들의 발자국 소리도 없어지지 늦은 밤 여전히 든든
한 힘의 전봇대 붙잡고 마신 술을 내어놓던 그의 고단한 일
상은 어찌 될까

　지난해의 분꽃 씨 떨어진 자리에
　아무 일 없었던듯이 분꽃은 여전히 피고

발효

첫발령지는 일구팔공년 삼월 아산 음봉 면소재지에 있는
음봉국민학교, 옆댕이 솔밭에 여해선생 묘가 있는 곳인데 그
보다 더 생각나는 것은 면사무소 근처 음봉양조장이네 마침
주인이 학부형이어서 눈짓만 하면 모래미주 한 주전자는 뇌
물도 아니었지 술 좋아하는 여해선생 봉분 옆에 앉아 주거니
받거니 하면 솔밭의 솔내음은 참 좋은 하루의 발효숙주가 되
곤 했어 마침 소나무 아래에서는 솔씨가 발아해서 솔씨 껍질
쓰고 일어나곤 했는데 그걸 보며 여해선생과 나는 교대로 씨
발아, 씨발아 했어 그 한 마디도 봉분 속 여해선생과 밀봉된
항아리속 나한테는 참 좋은 발효숙주였네

　　오늘은 낮과 밤의 길이가 같다고 하는 추분
　　우리의 살아온 날과 살아갈 날의 길이를 재어보면
　　살아갈 날이 훨씬 짧지 그만큼 살아왔으니 감사해서
　　어머니의 24대 전의 할아버지 여해할아버지한테
　　음봉 막걸리 한 사발 드리고 싶네
　　동구나무에 해가 설핏할 때쯤 봉분 열고 건너오시면 좋겠네

다리에서

산마을에서 내려오는 개울엔 진달래꽃 필 때는 진달래꽃 잎 흘러 왔네 갈참나무 단풍 들 때는 단풍잎이 흘러왔고 산 너머로 지는 별도 이따금 별꽃이 되어 흘러 왔네 막내동생 무덤 잘 보이는 개울가에 둥근 돌 하나도 흘러 왔고 저물녘 까지 그 돌에 앉아계신 어머니 무릎에 이슬이 내릴 때쯤이면 동생 이마 닮은 달빛도 무릎 담요되어 어머니 무릎을 덮어왔 지… 현재의 내 것에는 아무 소용없는 지나간 것들을 흐르는 물은 왜 자꾸 되살려주는지

오늘은 산마을 뒷산 산사태로 무덤 몇 채 떠내려오고
거기 있던 삼촌 손뼈 무릎뼈 찾느라 나도 바쁘네

봄님이와 승아

무슨 얘기를 했는지 기억에 없지만
밤새워 얘기를 했어
엊그제 함께 반짝인 별들이
엊그제 함께 반짝인 것을 굳이 기억할 일 없지
하늘의 그 넓은 자리 어느 한 곳에서 만나
이야기 하나 지으며 반짝이는 자연스러움처럼

우린 덥고 습한 이 여름밤을 아무렇지 않게 새우며 이야기
나누었어 별들이 사는 우주는 넓기 때문에 우리가 사는 이
여름밤의 이야기는 끝이 없어도 별들이 가는 길이 흔들리지
않는 거지 어쩌다 우리가 이 여름밤의 한 곳에 왔는지가 중
요한 것이 아니라 우리가 기억하는 우리들의 시간이라는 게
중요해 세월이 가면서 우리도 먹을 만큼 나이를 먹었나 봐
습기 높고 무더운 밤의 기억은 흐릿하지

흐릿할수록
우리 사이에는 경계가 없네!

곰배령

　꽃밭에서는 길을 잃어도 꽃밭, 잃어버린 길은 여전히 아름답지 하늘말나리 열두폭 치마 옆에 앉아, 숲에 깃드는 바람을 만나며 문득 길을 잃은 것이 아니라 여기가 바로 그 찾던 길임을 알겠네 여기가 바로 천상이고 이렇게 길을 잃으니 그만큼 더 오래 천상에 머무는 거네

　천상에서도 아픈 무릎은 여전히 아프군
　누군가 다녀간 자리에 무릎 꺾인 채 핀 꽃을 보니
　오래된 내 무릎도 오래지 않아 꽃이 될래나 보다

리필

비 오는 날 커피를 마실 때는, 누군가 앞자리에 있는 듯해서 오른손잡이 그가 잡을 수 있도록 커피잔 손잡이를 그를 향해 놓는다 오른손잡이 그가 한 모금 마시고 왼손잡이 내가 한 모금 마시고 유리창에 빗물은 흘러내리고 몇 줄기 커피잔 안으로 흘러들어 내 잔이 넘치기도 한다 그러고 보니 그의 잔이 넘치기도 하는 거다 비 오는 날은 여분의 시간, 그러므로 하루 종일 커피를 마시다가… 이윽고 어딘가에 준비된 내 작고 이쁜 무덤 안으로 걸어 들어간다면 최고로 좋은 거다

그가 다시 커피를 채워주고 간다
아마 저승사자도 저렇게 이쁠 거다!

좋은 날

오동도 앞바다 보이는 여수 유탑마리나 호텔로 프리지어 한 아름과 안개꽃 삼천 송이도 보내주면 좋겠네 거기가 어디 인지, 받을 사람 누구인지 따지지 말고 보내줘 먼 길 떠나 여 수에 닿은 오늘은 우리들 어렵게 살아온 날들이래도 그중 빛 나는 날의 하루, 이따금 꽃 받은 날도 하루하루 쌓이면 꽃 받 은 일생이 되는 거네 안개꽃 삼천 송이가 이만큼이구나 하고 (꽃을 아는 강아지도 함께) 바라보는 오늘이면 꽃을 바라본 좋은 하 루가 또 쌓이는 거네 살아있는 동안 오늘이 바로 천국인 거,

강아지풀이 종아리에 코를 비비는 저물녘 들길
그렇구나 꿀풀꽃 무리 지어 가는 길의 저물녘 노을은
오늘도 덕분에 우린 잘 있어
먼 사람도 쉽게 친해지는 꽃의 힘!

파랑새가 말했다

우리,
꽃 사러 가요

나무와 바람이 가득해도 7월의 숲에 꽃이 없네 일찍 다녀
간 꽃들의 뒷자리엔 검은 씨앗들이 씨눈을 아주 작은 손톱달
문신처럼 몸에 새겨넣고 있군 늙은 소쩍새도 어린 것들한테
서로 연락하는 방법을 가르치고 있고 솔부엉이는 어느새 절
벽 가까이 날아가서 오지 않고 있네 지나간 시간은 숲을 깊
게 하고 누군가의 보름달같던 무덤도 한 뼘 더 낮아져서 숲
사이 어린 노루들이 지나다니는 좁은 길이 되어가고 있어

그가 다시 말했다 살아있는 오늘을 위해
꽃이 필요해요, 우리

배롱나무 아래 배롱꽃 쌓이는 날

어린 고양이들의 분홍빛 혀와 흰 이 사이에
어미 고양이는 있는 젖 다 물리고 꿈을 꾼다

별은, 오래된 감나무 사이에서 빛나고, 늦게 새순 나오는
대추나무 꼭대기에서도 빛나지 비 오는 날이면 이쁘디 이쁜
그녀 드나든다는 동구 밖 상여 집 지붕에서도 빛나고 이름
없는 묘지의 드러난 널집 창문에서도 빛나지 그러고 보니 배
방산 기슭 흰 고양이 가족들 머리와 어깨에서도 빛나는군 별
들의 다섯 개 꼭지에서 출발한 별빛은 그냥 스러지지 않고,
어딘가에 가 닿는데 그 작은 빛도 아무데나 함부로 가지 않고

꿈꾸는 어미 고양이 따스한 젖에도 스며들어서
어린 고양이들 별 보고 길 찾는 법 일러주는 모양이네

달 그리고 달빛

하루나 이틀 지나면 달도 둥그렇게 될듯하다 어제보다 길가의 들꽃들이 더 잘 보인다 소리쟁이 금빛씨앗들이 여왕의 왕관에 달린 금쌀처럼 그 작은 흔들림도 잘 보인다 달 하나가 수많은 들꽃과 씨앗들을 보이게 하다니, 그 빛의 샘은 어디에 있을까

아이가 스마트 폰으로 달을 찍는다
스마트폰 속의 달에 초점이 맞고
아이의 눈이 빛난다
아이의 눈빛이 저렇게 달에 가 쌓이는 것이구나!

일기예보

오늘도 날씨는 덥겠습니다
습도는 높은데 바람은 없고
나무 그늘 안에서도 그늘 밖과 기온은 비슷할 겁니다
…그래도 옷깃은 잘 여미십시오

연잎에 이슬 내린 아침
이슬 한 방울 빛나다가 똑 떨어지고
떨어지던 이슬과 처음 날아오른 잠자리의 만남,
마지막 탈피를 끝낸 어린 잠자리 등이 시원하다
…내 유년의 작은 무덤도
이슬 가득 머금은 연잎 아래로 이장해야겠네!

새가 되어

나도 누군가와 함께 있고 싶은 날이 있었군 함께 있어 보니 이리 좋은 걸! 그의 노랫말을 알아들어서 함께 흥얼거릴 수 있고 밥 먹으며 얘기할 수 있고, 하늘을 바라보며 서로를 부를 수 있고

서로의 뒤를 따라가는 동안 허공은 또 하나 길이 되기도 하는군 함께 있고 싶은 날과 함께 있고 싶은 누군가가 세상 어딘가에 꼭 있으면 좋겠어 먼저 살던 세상에서는 아무도 없어서 별만 바라보았는데

여기에 오니 그가 있네
그도 누군가와 함께 있고 싶은 날이 있었던 거였어

꽃을 보러

　비가 온다는 예보를 듣고 길을 나섰는데 풀섶의 오이풀꽃
이 환하다 비 오기 전 앞서 온 바람처럼 습기를 머금은 노란
꽃잎이 더 노랗구나 꽃을 보면 왜 그 꽃 옆에 그리운 사람이
떠오르는지 모르겠네 먼저 저기 좋은 세상으로 간 동생의 밝
은 이마가 오이풀꽃마다 유유히 흔들리고 있군 거기 가는 길
이 어두운 길인 줄만 알았는데 살아서 그가 좋아한 꽃길로
가더라고 동생은 말하는군 … 드디어 비가 내리기 시작하네
동생무덤가에 피어있을 꽃 구경하러 가는 길

　아주가, 하고초, 딱지꽃, 뱀무
　지난 봄날엔 양지꽃, 솜나물, 타래난초…

해바라기꽃밭에서

오랜 시간 햇빛 속에 있으면 어느 것은 꽃이 되는구나 그
꽃이 누군가의 마음에서 이름이 지어지고, 누군가의 기억 속
에서 향기가 정해지고 누군가의 그리움 속에서 꽃의 전설도
정해지네 오랫동안 해를 바라보며 눈이 부신 저물녘 노을을
바라보며 또한 어느 사이엔지 어둠의 큰 날개 사이로 반짝이
는 별을 바라보며 꽃 이름을 생각해보는 이승의 이름 없는
하루가 오늘도 꽃밭이었다니!

그에게 가는 길은 돌 하나 딛고 가는 징검다리가 있고
꽃 하나 딛고 또 딛고 가는 꽃 징검다리가 있고…

4부

은고양이 아홉 마리

…우리, 이름을 남기려고 여기 온 것은 아니지
그렇다고 아무런 의미 없이 시간을 보내는 우리도 아니고
식빵 굽는 고양이, 물만두 같은 앞발 두 개의 고양이가
어느 날부터인지 우리 식구가 된 것도 대단한 만남!

은고양이 아홉마리 · 1

하늘의 별 하나가 없어지는 날이 있네 어느 마을 오래 기
다린 아이가 태어나기 위해 열 달을 시작하면 별 하나 모습
을 감추곤 했다는데, 고양이네 하늘도 그렇군 오늘 보니 별
일곱 개가 모습을 감추었어 어느 은고양이 어미 배에 궁전
을 차리고 아기 고양이 일곱 마리가 잠을 자고 있었던 게야!
어미가 깨우면 잠에서 깨어나겠지 잠에서 덜 깬 얼굴로 기
지개 켜면서 어미 배의 식탁에 다가앉아 첫아침도 먹는 거

하늘의 별은 워낙 많아서
세상의 고양이들 수에 일대일 대응하고도 많이 남아!

은고양이 아홉마리 · 2

어둠이 짙어질 때 세상에 나오는 것은 별뿐만이 아니었어 아파트 옆 작은 공원의 벚나무, 산사나무, 앵두나무마다 꽃 이 한꺼번에 피던 날 밤 어미은고양이는 지난해 꽃 피우고 진 수국 마른 잎을 모아 일곱 쌍둥이를 낳았네 혼자 일곱마 리 새끼 낳은 어미은고양이가 밤하늘 어딘가를 바라보네 밤 이면 별이 반짝이는 것은 어딘가에서 그 별을 바라보는 눈이 있어서였어 두 개의 눈과 코와 입과 스스로 접었다 펴는 다 리와 허리를 온전히 가진 일곱 쌍둥이 은고양이가 문득 불어 오는 봄밤의 향긋한 바람 속에 움직이고 있었어

…꼬물꼬물꼬물꼬물꼬물꼬물꼬물꼬물꼬물꼬물꼬물 꼬물꼬물꼬물꼬물꼬물꼬물꼬물꼬물꼬물꼬물꼬물…

은고양이 아홉마리 · 3

묘숙누님댁 근처 은빛 길고양이들이 화단에 들어와서 똥
싸고 간다는데 고양이도 아무 데나 들어가지 않지 집 주인이
아끼는 화단에 들어가는 것은 그곳에 터 잡고 사는 꽃과 나
무와 가을밤 풀벌레와 하늘의 구름그림자들이 있고, 틈틈이
길고양이들이 착한 주인 믿고 볼 일 보러 들어가기도 하지
그렇게 한식구가 되는 걸세 고양이 똥을 꽃과 나무 아래 지
난밤 화단에 쏟아진 별똥과 함께 묻어놓는 묘숙누님한테 그
화단은 봄여름가을까지 꽃이 피는 꽃밭이 되고

부럽네, 겨울날 흰 눈 내리면 흰 눈 위 점점이
고양이 발자국은 매화꽃무늬 되어 겨울 꽃밭이 되고…

은고양이 아홉마리 · 4

어둠 속에서 혼자 우는 날이 있어서 어린 은고양이도 크네
벚나무 밑둥 이끼 살고 있는 어둠에 이마를 비비기도 하고
하루에 한두 번 껌뻑이는 큰 눈에 눈물을 가득 담고 구름을
벗어난 별을 바라보는 날이 쌓여서 어린 은고양이는 크는 거
네 아이가 주는 손바닥 밥과 어른이 주는 간식 한 입과 다가
오는 낯익은 발자국소리 들으며 어린 은고양이는 크고,

일곱 번째 제일 어린 은고양이가 별이 되어 떠난 빈자리
그 온기에 이마 비비며 나머지 어린 은고양이 크고…

은고양이 아홉마리 · 5

1번 어린 은고양이가 담장에서 거꾸로 뛰어내리는구나 그는 담장 아래 붉게 핀 맨드라미를 딛고 일어섰다 그때 맨드라미 검은 씨가 세상에 퍼진다 2번 어린 은고양이가 담장에서 거꾸로 뛰어내리는구나 그는 이번 가을에 피울 꽃망울 가득한 국화 더미를 딛고 일어섰다 그때 꽃망울에서 국화향이 나온다 3번 어린 은고양이가 담장에서 거꾸로 뛰어내리는구나 그는 골담초 가시덤불을 딛고 일어섰다 며칠 동안 가시 찔린 발바닥을 앓을 거다 4번5번6번 어린 은고양이는 가을 햇살 좋은 담장에 나란히 앉아있다 아마 그들도 담장을 딛고 일어설 거다

딛고 일어선다는 것, 내 하루 시간 속에서
얼마나 많은 다른 마음들이 나를 딛고 일어설 수 있었을까

은고양이 아홉마리 · 6

먹는대로 잘 크는군 분꽃은 분꽃대로 잘 자라서 꽃을 피웠
고 쥐똥나무도 검은 열매를 잘 맺고 있는 날 일곱마리 중에
서 한 마리는 먼 길 떠난 뒷자리에서 집을 나갔다가 돌아오
는 반경을 조금씩 넓히는 은고양이 여섯마리도 잘 크는 거였
어 느티나무에 몸을 비비는 아이, 덩굴장미 담장의 철조망에
몸을 비비는 아이, 밤늦게 담장에 올라 물끄러미 달을 바라
보는 아이… 저마다 제 몸짓으로 움직이면서 먹는 것만으로
크는 게 아니었어

오늘 밤엔 어린은고양이 여섯마리 달빛 속에 모여서
서로 몸을 맞대고 무슨 꿈을 꾸는지 꿈, 틀, 꿈, 틀…

은고양이 아홉마리 · 7

하늘의 별을 바라보는 밤이면, 은고양이 여덟마리가 옆에
와 앉네 아홉마리 중에 한 마리는 하늘의 별이되어 내려다보
고 있지 살아있는 눈과 별이 된 눈이 마주 바라보는 동안 밤
은 깊어가고 별의 눈짓을 따라 은사시나무 푸른 잎도 몇 잎
이슬에 젖어 은고양이 잔등에 떨어지네 하늘과 땅의 거리가
그저 먼 것이 아니라 아는 이의 눈빛을 닮은 별이 거기 있어
서 아득한 거, 어떤 이유로 별은 그곳에 있고 어떤 이유로 여
덟마리 은고양이는 내 곁에 와 있는지

묻지 말아야겠네 물어도 대답할 것이 따로 없고
알지? 들어도 물음에 대한 대답이 되지않는다는 거

은고양이 아홉마리 · 8

천냥금 우거진 나무 아래 나는 고고하게 앉아있네 오래된 외로움과 슬픔의 깊은 눈길은 누구한테도 이젠 줄 수 없지 안으로 삭히거나 끌어안고 가다보면 나도 언제인가는 저 오 래된 나무껍질처럼 스스로 부서지겠지 부서져서 바람 속에 사라져가는 중에 그때 마침 아직 임자없는 별이 다가오면 나 도 그 별에 오르는 거네 별에 올라앉아있을 때의 그 자세를 지금부터 연습해보는 거네 식빵 닮았지만, 어때, 이만하면 고고한가?

그저 먹는 거 가지고 나를 부르지는 말게
행복하면 행복한 그 마음으로 나를 불러달란 말이지!

은고양이 아홉마리 · 9

나는 어제 저녁 길을 잃은 어린 은별 하나, 돌아가는 길은
푸른 구름에 막히고 둘레엔 향기가 가득하네 어디로 갈 것인
지 잠시 앉아 눈 한 번 깜빡였더니 여기는 또 어디란다냐, 내
몸은 은고양이가 되고 더 향기로운 풀과 나무와 바위가 둘레
에 있네 뒤로는 오래 되었지만 더없이 낯익은 어둠이 있고
누군가 나지막이 부르는 소리가 있네 저 부름의 자음과 모음
이 내 이름인가보다 뒷발과 앞발을 모아 가지런히 하면 눈물
밴 어둠 속에서도 내 허리는 꼿꼿하지 다시 부르는 목소리와
발자국이 다가오고 대답을 할까말까 오늘따라 잃은 길의 길
목에서

글쎄, 어디서 보았더라
그 나무 아래 슬쩍 지나갈 때
낮달처럼 하얀 이마와
산 너머 지고 없는 초승달 눈썹
등을 툭 치면 쏟아질 것같은 눈망울…
그도 멈칫, 잠시 서서 나를 바라보면서
글쎄, 어디서 마주쳤더라…

은고양이 아홉마리 · 10

스물네 시간 중에 스물세 시간은 자거나 졸다가 어디선가 먹이 들고 오는 발걸음은 은고양이 눈을 번쩍 뜨이게 하지 지난 봄날의 새잎들이 떨어져 쌓이고 이슬에 젖어 고이 썩어 가는 내음도 좋은 작은 숲에 낯익은 윤여사님 먹이 그릇 들이밀고 은고양이 기다린다는 거네 먹는 동안에도 눈은 앞을 보고 귀는 사방의 꽃잎 지는 소리까지 듣지 은고양이 나라에도 명절은 있는지 저물어가는 숲의 잎을 쳐들고 가을 달빛 비쳐들겠네

　은고양이 앞발은 숲을 힘껏 딛고도
　발바닥 젤리는 부드러워서
　숲의 작은 벌레들 잠을 깨우지 않지
　은고양이도 그전에는 잠을 못 잔 별이었나 보네!

은고양이 아홉마리 · 11

밥은 밥이고 젖은 젖이지 은고양이 어미는 앞산을 바라보
며 새끼한테 젖을 물린다 어미 몸집보다 더 컸지만 몸집의
크기로 마음의 크기를 재는 것은 아니네 아직도 저 아랫마을
은 뜨거운 여름, 그런 중에도 가을밤 달은 더 커가고 젖을 먹
는 새끼은고양이도 그 털빛이 달빛을 닮아 가네 젖은 젖이고
밥은 밥이지 그만 먹고 맘씨 좋은 주인이 내어놓은 밥을 먹자

엄니아부지 누워계신 산소에 갔더니
잠시 산소에서 나오셔서
산소 너머 밤나무에서 밤을 주워오셨는지
봉분 옆에 밤톨 몇 알 햇살 쬐고있네
밥은 밥이고
밤은 밤이지

은고양이 아홉마리 · 12

며칠 후면 서리가 내릴 듯하군
아파트 은고양이는 물만두 앞발을 모아 앉아서
갓구워낸 식빵처럼 몸을 움츠리고 있네
먼 별들이 밤늦게까지 보낸 눈짓을 따라
쥐똥나무 마른 잎을 모아 집을 지어야할 때
움직일 때마다 바스락거리는 소리를 듣고
내가 여기 있구나 알아채야 하는 그런 때
천냥금 붉은 열매는 직박구리가 나누어 먹고
직박구리도 몸을 맞대고 따뜻하게 잠드는 때
은고양이의 가을도 깊어가는 때
그동안 살아온 따스한 경계를 벗어나고 싶은 때
서리 내리는 날은 독립을 꿈꾸는 때…

꽃의 힘
심장근 시집

5부

길 떠나는 바람

…하루하루 기억을 잃어가고
아끼는 그릇도 깨는 날이 늘어 가네
자동차도 여러 번 뒤에서 받아보고
죽기 전 열흘 전에만이라도 저승에서 연락온다면 좋겠네
열흘이면 아는 사람 다 찾아 인사할 수 있을라나

소리를 위하여

바람도 가는 곳이 따로 있네
아무 데나 가지 않고
그가 가는 길목에서 그를 기다리는
길모퉁이 나무 한 그루
길모퉁이 그 나무에 기댄
별의 오른쪽 어깨에도 내려앉아서
빛나게 하지 빛나는 건 모두 그리운 얼굴
바람이 가는 곳엔 모두 그리운 얼굴이 있네
천천히 무덤의 지붕도 어루만지며
바람은 제 품 안에 이름 없는 무덤도 스며들게 하지
시청 광장 청동의 단단한 동상들도
무덤 밖의 또 하나 다른 그리움
어루만지면 손끝의 차가움
손끝에 묻어나는 청동가루
바람은 가는 곳이 따로 있네
오늘도 어디선가 동상 하나 세워지는 소리
그 옆의 동상 하나 쓰러지는 소리
내 이마도 슬쩍 만지고 가는 바람

안면도에서

세상이 환하다
어느 바닷가에서 해가 지고 있는 거다
소나무 사이 햇빛은 오늘 밤 별을 준비하며 쏟아지고
수평선 쪽 작은 섬들은 한 번 더 빛나는 거다
이런 날은 누군가 떠날 날을 하루 더 미룬다
건네줄 들꽃도 들길에 한 묶음 남아있고
함께 듣던 바다의 노래도 한 구절 더 남아있다
해넘이 바다 서해의 수 많은 섬들이
저 지는 해의 뒷자리에서 빛날 준비를 하는 동안
이름 없는 섬들의 그 뒷그늘에서
나는 쓰다만 편지를 마저 쓴다
별빛은 어깨 너머 기웃거리며 빛을 주리라
오랜 망설임 끝에 내일쯤 떠나는 사람도
다시 돌아오기 위하여 떠나는 거
돌아와 우편함에 꽂힌 편지를 읽으며
이름 없는 우리도 반짝이는 하루를 갖는다
저 섬들과 붉은 저녁놀과 이 가을과 우리가
비로소 한 식구 되어 있음을 아는 시간
세상이 고요하다
어느 작은 마을에 우리가 손잡고 잠드는 거다

코스모스

어디선가 노래가 들려오네
저 노래는 나도 알지
이제 3절의 중반부가 되는군
달빛이 오래 머물던 곳에서
별똥별 가 닿으며 빛나던 곳에서
집 나온 어린 고라니가 헤매던 곳에서
머묾도, 빛도, 헤맴도 잊고
누군가 긴 목에 가냘픈 노래…
저렇게 제 음높이로 노래 부르다가
문득 바람에 그도 흔들릴 때
그의 얼굴과 그의 노래는 하나로 겹쳐지고
어디선가 다가온 또 다른 노래들이
물결을 이루어 일렁이는군
낯익은 가락의 합창이 되는군
나도 함께 부르기에는
그로부터 나는 너무 멀리에 있고
다만 노래가 끝나기를 기다리네
그 노래 끝에서 내 작은 소리의 박수를 보내지
어느 때인가 오래된 책갈피에서
지난 가을날 함께 한 마른 꽃 하나 꺼내어 들고

저 노래 끝부분이 될 때를 기다린다
건네주지 못한 그 꽃의 여전한 향기

가을편지

이 가을에는 옥수수 잎으로 먹물을 찍어
편지를 보내고 싶은 이가 있네
옥수수 잎맥이 살아있는
이 가을의 편지는 짧지만
하고 싶은 이야기는 충분히 담을 수 있지
파피루스 얇은 종이 삼아 마음에 쓴 편지를
그를 향해 부는 바람에 보내면 그에게 갈거라
우리 살아가는 일이 조금은 고달파도
우리를 위해 들꽃이 불러주는 노래가 있고
작은 별들이 쏟아질 듯 반짝여주는 밤이 있으니
이 가을에도 잘 있는 거지?
그 작은 가슴에 큰 시름을 담고 있는 것은 아닌 거지?
들판의 들꽃이 한나절 나부끼다가
저물녘 붉은 노을에 그 꽃빛을 모두 주고
어둠 속으로 사라지는 시간에 우리는 알지
삶은 사랑이 만드는 것이고
우리들 그 삶의 부피는 작고 가벼워서
오늘 저녁 작은 꿈으로도 충분히 채워지는 거
이 가을에는 풀줄기 하나 풀한테 빌려서
밤새워 편지를 쓰고 싶네

새벽이면 더 짙어진 가을 이슬에 젖어
무어라고 썼는지 모를 가을 편지…

낮달

함께 있어서 아름다운 풍경이 있네
저기 큰길 모퉁이 두어 평 남은 땅에서
그동안 가꿔온 들깨를 터는지
가을이 햇볕에 짜작짜작 타는 소리
덜 여문 꼬투리는 한나절 더 기다려도 좋지
마른 풀잎에 앉아 앞발을 연신 비비는
풀사마귀도 아직 푸른 풀잎에 옮겨주는 동안
풀섶에 먼저 쏟아진 깨알은
내년에 다시 싹이 되는 거지
불이 들어오지 않은지 오래된 가로등도
지는 노을에 문득 반짝이는 시간…
혼자 있어서 더 쓸쓸한 풍경이 있네
오래된 이야기는 흑백 사진이 되어서
누군가 닦은 유리창에 반사될 때
문득 우리는 남은 시간을 생각하지
가로세로 구획 속의 유리창은 함께 빛나고
저물녘 햇살은 깊이 들어오는군
낮에 털어온 한 줌 들깨를 베란다에 풀어놓네
집 나간 바람을 기다리는 시간인 거네
집 나간 어둠도 기다리면서

혼자 있어도 아름다운 풍경을 그려보는 거지
…그래도 너무 자주 혼자 있지는 마

빵
- 필담 카페, 성권빵

때로는 하루의 어느 시간은 달달하지
나보다 먼저 나를 보고
나보다 먼저 카드를 꺼내서
아침 일찍 오븐에서 나온 구수함과 달달함을
한 쟁반 가져다 놓네
그의 쟁반의 지름은 크다 큰 달 하나가 떠도
달빛으로는 다 채우지 못하는 지름
한 부분의 햇밤과 크림도 넉넉하고
커피에 담가 먹는 또 한 부분도 더없이 달다
쟁반에 담아온 그 손 잡기를 잘했다
손만 잡아도 나도 그의 쟁반만큼 넓어지는 거다
때로는 하루의 어느 장소도 달달하지
지난밤 잘 부풀어 오른 반죽과
무늬가 되살아 난 깨끗한 접시가 있어서
벽을 등지고 앉은 그의 구석도 오히려 빛나지
지구 온도 1.5도 상승하면
어제 심은 사과나무 죽고 바다속 고래도 죽는다는데
그와 함께 앉은 공간의 온도는
15도 높아도 그저 따스워서
사과는 마저 익어가고 고래는 새끼를 낳을 거다

다시 그와 눈을 마주 친다
둘레가 달달하다!

궁화리

행선지가 어디에 있는지 모르면서
버스가 오기에 올라탔어
이 버스 어디 가느냐고 묻지 않았고
내가 가는 곳이 어디냐고 묻지 않았어
꽃을 한 아름 든 아주머니가 있었고
빈 화분 여럿 붉은 끈으로 묶은 아저씨도 있었지
나는 오랜만에 시내버스 남은 자리에 앉아서
창문을 열고 가을 햇빛과 가을바람을 맞아들이며
뒤로 밀려가는 가을 들판을 들여다 보았어
노란 들판에 푸른 미루나무가 나란히 선 가을
집게벌레처럼 생긴 트랙터가 논으로 들어가는 저기
…타거나 내리는 사람이 없는데
버스는 가다가 서는군
들길을 뛰어오며 거기 서라고
손짓하는 사람을 본 거
들리지 않는 그 소리를 들은 거
내가 못본 것도 거기 있었고
내가 듣지못한 것도 거기 있었던 거…
내가 온 곳이 어디인지 모르고

버스가 서길래 내렸어

저무는 시각에 나는 지금 어디에 있나

10월에는

지난 봄에 옮겨 심은 들국화가
꽃피었나 보러가야겠네
찔레덩굴 숲에 함께 살면서
찔레꽃 필 때 그 짙은 향기로 함께 살면서
오목눈이 깃털 뽑아 집을 짓던 곳에서
마른 줄기마다 새잎 나던 들국화들
오목눈이 알을 낳고 저를 닮은 새끼를 키운 후
찔레덩굴 숲을 나간 그 어느 더운 날
찔레덩굴 젖히면서 들국화를 옮겼는데
제대로 살고 있는지 보러가야겠네
그 가는 줄기마다 꽃눈 어찌 되었는지 보러가야겠네
바람이 슬쩍 지나가면 손을 번쩍 들고
나 여기 있어요 손을 흔드는 작은 꽃들
그 입김도 그 눈빛도 손에 닿으면
저 어둠 속 저절로 스며들듯이 가녀린데
무릎까지 빠져들던 함박눈의 그 자리에서
지나간듯 고개 들면 다시 찾아든 꽃샘추위 속에서
손을 델듯이 뜨거웠던 지난 여름 더위에서
꽃눈은 어디 안 가고 잘 지냈는지 몰라
그 꽃눈마다 꽃잎을 열고

누군가 발걸음을 기다렸는지 몰라
그 꽃눈자리 꽃을 만나러 가 보아야겠네

꽃무릇

이 항아리는 혼자 있으면 운단다
그러니 채송화라도 그 발치에 한 꼭지 심어라
엄니는 어디에서 났는지 흙덩어리 같은 덩이뿌리를
항아리 옆 마른 흙에 묻으셨다
항아리가 울면 꽃도 져야할 때 지지 못하지
칠팔월 한여름까지 남아있는 개나리가 보기 좋으냐?
십이월 담장에서 흔들리는 덩굴장미꽃은 어떠냐?
꽃도 져야 할 때지고 돈도 잃어야 할 때 잃는 거라고
엄니는 늙은 호미로 연신 흙을 팠다
그 뿌리가 무어냐고 묻기도 전에
꽃 피는 날 무언지 알 테니 궁금해도 참으라신다
이 꽃은 함께 있어도 운단다
그 꽃이 피었네 저 긴 속 눈썹 좀 봐
스무 살 때부터 여든두 살까지 엄니의 속눈썹이네
나하고 함께 있으면 좋아서 울고
누이하고 떨어져 있으면 허전해서 울고
엄니처럼 저 꽃도 그럴 것인지 한번 봐야겠다
엄니 살아있는 내내 매일 닦던 항아리 옆에서
꽃대만 불쑥 솟아오르더니 속 눈썹을 깜빡이는군
지는 해에도 별빛에도 아, 눈부셔 하면서

항아리를 엄니 품 삼아 슬며시 기대고 있네
좋겠다, 너는 어딘가에 기댈 수 있어서!

명자

집 나간 고양이 찾는다고
14층 서희여사는 아침부터 돌아다니네
중국에서 한국 사람 만나서 결혼하고
우리 아파트 우리 통로 14층에 사는데
아직도 우리말은 서툴게 고양이 부르는데
뭉짜야, 뭉짜야 명자를 부르지
털은 회색이고 눈알은 파란 비취색
목에 방울을 달고 있는데
현관 문을 잠깐 열어놓은 사이에 나갔다는 거네
14층부터 계단을 걸어내려갔는지
엘리베이터를 타고 갔는지
아니면 베란다에서 뛰어내렸는지 모르겠다면서
뭉짜야, 뭉짜야 명자를 부르네
하나로마트 앞 주차장까지 가서 찾는데
담장의 노란 열매와 붉은 꽃을 보고
찾던 뭉짜는 잊고 저게 무어냐고 묻는데
저것도 명자, 뭉짜라고 했더니
중국에서 온 서희여사 눈물을 왈칵 쏟는구면
친정아버지가 데려다 놓은 고양이라는데

친정어머니가 달아준 고양이 방울이라는데
맑은 가을날 누군가 부르는 소리 멀리까지 들리네

맑은 날

누구네 집 리모델링 하나 보네
함께 살아온 문이 나와 있고
붙박이장도 산사나무 아래 그늘에 누워있어
사이사이 별빛 들어오던 방충망도 나와있네
조심스럽게 밟던 화장실 무늬 타일도
옥잠화 푸른 잎 옆에 한 무더기
조금 더 떼어낼 것들이 벽에 있는지
조심조심 두드릴 소리도 들려오네
문 하나가 또 나오는군
안방이나 건넌방 문일텐데
집안이 완전히 바뀌는 모양이야
모르타르 푸대도 많이 실어온 거 보면
여기저기 단단히 접착해야할 데가 많은 듯하군
창틀도 차가운 샤시보다는 목재가 많네
문 앞에 쌓인 자재를 피해 지나오는데
저 목재의 향긋한 숲 내음이 좋았어
하루 살아도 보기 좋게 살아보고 싶고
새로 깐 타일의 실눈처럼 선명히 살고 싶은 거지
여러 날 미루다가 드디어 내부를 다듬는 건데

구름 한 점 없는 날을 그 집안에 들여놓을 수 있게
며칠 오늘처럼 맑은 날이길

불꽃놀이

누군가 보고 싶은 사람이 있나 보다
그가 지켜온 그의 어둠이 참 환하네
어느 꽃이든 그의 마음을 담은 꽃말을 지어서
어느 꽃이든 보내고 싶은 그의 마음을 알겠네
어둠은 들숨과 날숨 사이 잠시의 휴식인 거
그 달콤한 휴식이 길어지면 우리는 떠나는 거
다시 숨을 내쉬고 들숨을 이어가며
보고 싶은 사람을 떠올리며 아름다워지는 거
한 사람의 생애가 저렇게 꽃이라면
그는 사랑을 많이 받은 거 또는
누군가에게 사랑을 많이 준거…
먼저 약속하고 더 나중까지 약속을 지키는 그 사람의
나를 위한 축제로 혼자서도 더없이 신나는 시간
어딘가에서 나를 보고 싶은 사람을 위하여
나도 그를 향해 까치 발을 선다 우리의 짙은 어둠이니
…잘 보이지?

가을비

가을의 시작이다
예쁜 사람은 더 예뻐지고
쓸쓸한 사람은 더 쓸쓸해지는 시간

아침에 받은 그림 한 점과 한용운 시 한 편이 어제저녁부터 내린 빗속에서 환하다 도시 옆을 흐르는 큰 개천이 넘칠지도 모른다는 호우경보만큼 비는 많이 온 모양인데 가을비는 이미 여문 열매들을 어쩌지 못한다 여기저기 적시면서 지나가는 거다 가을비는 가을을 여기저기 남기며 지나가야 하는 거다 빗방울 떨어지는 거 바라보며 문득 지난여름에 만난 이름을 불러보네 권능원, 김문천, 김성권, 김애숙, 김여란, 김인숙, 김자영, 박형미, 백명자, 변상도, 성기화, 송용배, 신영일, 안장헌, 염은미, 오영환, 유규상, 유병숙, 윤현주, 이원택, 임창수, 임희경, 정여영, 정영선, 정종령, 정주영, 최갑식, 한승덕, 한유자, 홍기향 또 박지영…

깊이 스며드는 가을비 따라 가을이 깊어지는 대로
…예쁜 사람도 조금은 쓸쓸해지고
쓸쓸한 사람은 많이 예뻐졌으면!

새

　구름은 아무 데나 뜨지않네 날마다 조금씩 사라지는 기억의
빈자리에 떠서 어느 날은 나도 새가 되고 싶었던 때가 있었음
을 보여주지 어느 날은 나도 가을 풍경이 되어서 그의 배경이
되고 싶었던 장소였음을 보여주지 어느 날은 새와 가을 풍경
을 한꺼번에 보여주기도 하는데, 파란 하늘이 되어 내품에 가
득 안아보게 하기도 하지 스르르 빠져나간 것도 모르는 채 그
냥 안고 있지 또한 구름은 아무 때나 뜨지않네

　오늘도 며칠분의 기억이 사라진 자리에
　새는 날아와 누군가 부르다가 간다
　저 새가 부르는 저 이름이
　혹시 오래 사용한 적이 있는 내 이름일까?

방향제

문득 바람이 불어왔다
이 방향이구나, 그가 있는 곳

허브잎에서 얻어낸 수많은 향낭을 병에 넣고 그 작은 향낭을 터뜨릴 또 다른 매개향을 넣고 좋은 방향제를 얻을 수 있는 누구나 아는 비밀을 외우면 열 명이 나누어 쓰고도 다시 열 병이 되는 방향제 한 병이 되지 향도 너무 진하지 않게 그가 지나가면 슬쩍 번지는 정도, 그가 여기 어디에 있구나 두리번거리게 하는 정도면 최상급… 아끼면 향도 물이 되는 거다 아낌없이 쓸 것,

방향제는 유효기간 있어도
그의 향은 그가 멀리 갔어도 남아있네

꽃을 보며

바람 부는 날은
꽃이 더 잘 보이지
흔들린다는 것은
그의 본모습을 볼 수 있다는 거
오늘은 천천히 바람이 불어오고
나는 가을꽃들이 기다리는 들판으로 나간다
모든 것이 흔들리는 시간에
함께 흔들리다 보면
모두가 제자리를 잡는 거
저 꽃들의 지나온 시간이 그러했네
꽃에서 멀어진 우리의 하루하루도
꽃들은 꽃들의 향기로 모아놓고 있었네

유모차

풀은 무얼 먹고 사는가 했더랬어
누군가 길가 풀 섶에 놓고 간 낡은 유모차를 먹네
손잡이 플라스틱도 그 여린 줄기로 잡아당기고
쇠도 하얀 뿌리로 흙의 집으로 당겨 넣고…
서둘지 않고 풀은 유모차를 먹네
저 망초대꽃들, 저 코스모스꽃들을 흔들며 먹네

꽃의 힘
- 봄꽃에게

언젠가 돌아가지만
꽃은 그 길모퉁이를 기억하고 찾아온다
어둠 속에서 빛나는 길가의 나뭇잎도
오늘 저녁 천천히 들어 올리는 포도주 한 잔도
어느 때가 되면 저 시간의 경사면을 따라
언젠가는 돌아가지만

돌아간 자리에는
그동안 함께 있었던 모든 것들을
제 파장대로 빛나는 별 하나로 남겨둔다
별 하나가 되기까지
그 독립의 어두운 광장
거세게 밀려오는 시간의 중력

아름답다, 이들을 대적하는 어린 꽃들은
밤새워 이목구비와 머리 가슴 배를 갖춘다
앞산의 오래된 능선 또한
이제 처음 그 봄꽃의 립스틱을 위하여
붉은 노을의 보자기를 한껏 펼치는구나

조심조심 다가서고 마주하라

참으로 먼 길을 기억만으로 여기 왔으니!

밥

밥은 먹고 삽니다
밤늦게까지 별 사진을 찍다 보면
돌담 너머 일흔세 살 그녀는
고구마도 내오고 믹스커피도 내오면서
이슬 맞고 오래 있으면 일찍 죽는다면서
죽기 전까지 먹을 밥은 다 먹어야 한답니다
저승길은 험하다지요
꽃이 있어도 잠시 그 앞에 머물러 들여다볼 수 없고
도착한 그리운 이의 메시지도 열어볼 수 없다지요
주머니에 넣어준 에이스과자를
손에 쥐어 준 믹스커피에 찍어 먹을 수도 없다지요
밥은 먹고 삽니다
저승길 험한 길 가다가 넘어지면
넘어지며 그가 사준 신이 벗어지면
다시 주워 신고 가지도 못한다지요
저승길에서도 넘어지지 말아야 한답니다
별마을 일흔세 살 그녀 얘기 듣다 보면
밥은 먹고 살아야 하는군요
남의 밥 빼앗아 먹는 밥은 밥이 아니라는군요

달빛 또는 먼 강물

달빛으로 그의 손 편지글 읽을 수 없네
한층 더 맑아진 먼 가을 강물로 내 이마 닦을 수 없네

우리들 몇몇의 맛있는 점심을 위하여 삼백 평 돼지 키우는
우리가 필요하네 참숯 몇 봉지를 위하여 달빛 고요히 내리는
참나무 숲 하나도 필요하고 아침저녁 물을 주는 상추밭과 푸
른 깻잎 가득한 비닐하우스 몇 동도 필요하지 이 모든 것 다
옆에 갖추어질 수 없지! 함께 점심 먹을 식탁과 식탁 둘레에
그대가 있다면

손 편지글 읽을 수 없는 달빛은
여기 늘 있어야 하는 이유가 되지
내 이마 닦을 수 없는 가을날 먼 강물도
거기 여전히 있어야 하고!

초복

제비꽃도 제 집에 씨를 가득 담았다
꼬투리 하나는 이미 비워지고
세상 어딘가에서는 제비꽃이 또 피어날 거다
…이 만큼 오늘 더우니까 비로소 가능했던 거다!

이유

스파게티를 먹고
이집 꽤 맘에 든다는 건 스파게티가 맛있다는 거
스파게티를 만든 집주인이 좋다는 거
식탁 한 켠에 놓인 장미 한 송이가 곱다는 거
벽에 걸린 고양이 그림이 좋다는 거
길고 홀쭉한 물컵이 맘에 든다는 거
천장을 드러내고 흰색칠의 마감이 좋다는 거
실내인데도 밖의 가을날의 느낌이 난다는 거
다시 스파게티로 돌아가서 스파게티를 먹고
이 집 꽤 맘에 든다는 건 다음에 또 오겠다는 거
열한 시부터 오후 세 시의 점심시간을 기억한다는 거
사전 예약해야 몇 개 안 되는 의자에 앉는다는 거
구시가지 옛골목을 찾아들어야한다는 거
오래된 감나무가 낮은 담 안에 높이 솟아 있다는 거
젊은 부부 아흔 넘은 아버지가 이따금 서빙한다는 거
그의 흰색 와이셔츠와 감색 멜빵 바지가 예쁘다는 거
스파게티를 먹고
이 집 꽤 맘에 든다는 건 사람이 맘에 든다는 거…

꽃의 힘
심장근 시집

6부

외로움을 여행하다

…나는 때때로 안드로메다를 여행한다
그곳에는 몇 천 억 광년 전의 내가 있다
그때 나는 유황과 수증기와 염분 속의 미생물이었고
수많은 작은 꽃과 풀과 벌레들의 목숨을 짝사랑했다
이제 그 사랑이 지구별에 와서 이루어지고 있다
좀 늦게 만났지만 그대도 내 짝사랑 이루어짐의 당사자이다

프롤로그

마을로 가는 길은 가을이 가득하다 산모퉁이
올해 처음 단풍이 드는 옻나무는 유난히 붉고
찔레덩굴도 그 줄기가 검붉게 물들었다
봄여름가을 돌보던 염소를 모두 어딘가로 내보내고
겨울을 지내기 위해 산에서 내려오는 날은
그동안 지내던 산막의 마른 풀내음이 벌써 그립다
산막 하늘의 별들도 그립고
염소들이 골짜기 가득 남긴 울음도 그립다

봄 1

염소 스무 마리를 이끌고
십리 정도 떨어진 구실산 산막으로 왔다
집 앞의 복숭아나무에 복사꽃봉오리가 물들 무렵
검정 염소와 흰 염소를 데리고 산막으로 오는데
올해는 이틀쯤 늦었다
염소를 보내주는 황토실 아저씨가 아팠는지
어제서야 연락이 왔고
염소는 오늘 새벽 낯익은 파란색 트럭에 실려왔다
염소를 내려놓고 트럭에 시동을 걸면서
황토실아저씨 사정을 잘 아는 기사는 중얼거렸다
어서 가서 아침 먹자고 해야지, 그 아주머니 묻고
사나흘 밥 한 술 안 먹었을 텐데…
그랬구나 황토실 아주머니가 돌아가셨구나
염소를 키우도록 염소를 보내주는 것도
황토실 아주머니가 시작한 건데
사고로 팔 하나를 잃고 '그'가 헤맬 때
황토실 아주머니가 시골로 내려오라고 했던 것인데
떠나셨구나 하늘에 별 하나 또 생겨났구나
'그'는 매애 거리며 이리저리 뛰는 염소들을
한 줄로 이어 묶은 줄을 잡고 앞장섰다

십리 길 을 어린 염소 스무 마리 이끌고 가는 일은
'그'의 팔 하나로는 쉬운 일은 아니었지만
무슨 일이든 두어 번 해보면 길이 생기는 거다
염소들은 한참 자란 길옆의 소리쟁이 새잎을 먹으며
햇살 좋은 봄 길을 나섰다

2

산막의 봄밤은 아직은 춥다
겨우내 비워두었던 염소우리는 며칠 전부터 고쳤고
'그'가 지낼 콘크리트 블럭 집도 손을 보았지만
구실산 등성이 타고 내려오는 봄밤의 냉기는 매섭다
방이라고 해봐야 가운데 나무 난로가 하나 있고
벽 쪽으로 간이침대가 전부
두 칸짜리인데 나머지 칸에는 음식을 끓이는 등
살아가는 일에 최소한의 공간이 전부인 산막이다
태양열 집열판은 아직도 쓸만해서
전기는 그럭저럭 해결이 되지만
넉넉한 것은 아무것도 없는 산막이다
염소들이 지낼 목책을 다시 둘러보고 해지기 전에
염소들을 풀어놓았다 그들의 자유가 시작되는 거다
아직은 새 풀보다 마른 풀과 마른 풀뿌리가 더 많은
산등성이에 하루종일 봄 햇살이 따스했던 첫날
여기저기 흩어진 바위를 벽 삼아 염소들은 흩어지고
어렵지 않게 그들은 그들의 밤과 익숙해질 거다
'그'는 등에 메고 온 큰 가방에서 카메라를 꺼낸다
오늘 밤엔 구실산에도 봄밤의 별이 쏟아질 듯하다

3

겨울 별자리들은 서쪽으로 기울고
하늘 높은 곳에 봄날의 별들이 자리를 잡는다
사자리, 작은사자리, 살쾡이자리, 목동자리, 왕관자리,
사냥개자리, 처녀자리, 까마귀자리, 머리털자리, 천칭자리,
바다뱀자리, 육분의자리, 컵자리…
수많은 별자리 중에서 오늘은
목동자리 알파별 아르크투르스와 처녀자리 알파별 스피
카를 찾아 사자리 베타별 데네볼라와 함께 거대한 삼각형을
만들어본다
자다가 일어나 문득 하늘을 보았을 때
어딘가에 흩어져있는 별자리들을 찾는데 편리하다
카메라를 삼각대에 앉히고
오늘 밤은 염소가 처음 온 날 밤의 구실산을 담는다
처음 잡은 잠자리가 낯선지 염소 몇 마리는
어두운 산등성이의 별빛을 등에 받으며 서성인다
별과 함께 염소 몇 마리도 오늘 밤의 사진에 담기고
이는 한 살짜리 염소와 수억 광년 별의 하루가 되리라
아무도 외롭지 않고 서로의 옆자리를 내어주면서
봄밤은 깊어 간다 깊어갈수록 '그'의 외로움은
한 겹씩 봄바람이 되어 산등성이로 흩어지고

갈참나무, 서어나무, 산벚나무들의 새잎이 되어간다
산의 나무들이 푸른 잎을 달고 짙어가는 것은
누군가 봄밤의 깊은 외로움이 어딘가 있기 때문이다

4

'그'의 봄 사진은 온통 검거나 파란빛이다
여기저기 검은 바위가 뒹구는 사이에
희고 검은 유령같은 염소들이 실루엣으로 서 있고
바람에 흔들리는 잎들이 화면의 한곳을 채운다
머리를 천천히 들어 하늘 쪽을 보면
수 많은 별들이 검은 하늘 천장에서 빛나는데
구실산 멀리 도시의 불빛이
익어가는 야생복숭아빛으로 그라데이션을 이룬다
아름다운 것은 전혀 없이 검은 어둠과 파란 하늘이
이따금 지나가는 별똥별을 품고 있는데
'그'는 이런 사진으로 벌써 네 번째 계절의 봄밤이다
낮의 황홀한 햇빛으로 담던 '그'의 사진 프레임에서
팔 하나 떨어져 나간 '그'의 헐렁한 옷의 나부낌처럼
밤의 검은 휘장이 문득문득 펄럭였다
새벽이 올 때까지 구실산 비탈에 서거나 앉아서
하늘의 별들이 운행하는 시간의 깊은 적막을 듣는
'그'의 봄밤은 오직 '그'의 것이다
진달래도 꽃망울이 더욱 부풀어
허허로운 산등성이에 봄을 부르고,

어느 검은 바위는 낮은 봉분의 창을 열고 나와서
구실산 헤매던 스무 살 그녀 혼이었을지도 모르고…

5

어둠 속에서 초승달이 빛난다
그 달빛만으로도 산막은 둘레가 밝다
'그'는 낮에 보아둔 누군가의 낮아진 무덤으로 가서
봉분을 살펴본다 꽤 오래전부터 살고 있던
할미꽃 무더기가 거기 있다 여러 송이 꽃을 달고
할미꽃은 봉분의 중앙에서 고개를 숙이고 있다
북극성을 찾고, 삼각대를 세우고 봉분을 지평선 삼아
할미꽃을 중앙에 놓은 후 북극성과 일치시킨다
서너 시간 이렇게 사진을 찍으면
누군가의 봉분은 둥근 지평선이 되리라
할미꽃들은 서로 이마를 대고 별들의 운행 안에서
봄밤의 달달함에 취하리라 거기가 봉분이든 뭐든…
봄밤엔 오리나무 새 가지들도 부쩍부쩍 자라고
젖 뗀 염소들도 다리에 한결 힘이 들어가고

6

낮에 새 무덤 하나 찾아냈다
무덤인지 아닌지 구별되지 않게 봉분은 무너지고
바람꽃, 노루귀는 이미 졌고 양지꽃, 큰개불알풀,
꽃다지, 쑥들이 한데 버무러져 있는 무덤자리는
발끝으로 조금 흙을 헤집자 널판이 나왔다
더 헤집으면 머리도 나오고 가슴뼈도 나올듯해서
수북하게 흙을 덮고 돌을 올려놓았다
염소들이 물오르는 풀뿌리를 캐 먹다가
누군가의 손가락을 풀뿌리처럼 물어올리지는 말아야지
머리만한 돌하나 더 찾아 옮겨놓고 점심을 먹고
돌 두엇 더 찾다가 무덤자리에 탑을 만들었다
오늘 밤 별들은 저 낮은 돌탑 중심에서 돌아가리라

7

새벽에 폴라리스에서 코카브 쪽으로 별이 흘렀다
저 별이 흐르면 산등성이 너머 갈참나무 숲에 사는
칠십 먹은 부엉이가 겨울잠을 깨는 때
아직까지 아무도 본 적 없는 그 부엉이는
갈참나무 검은 줄기에 연둣빛 새잎이 나면
저승으로 들어가지 못하고 헤매는 영혼들을
길게 울음 울어 현호색꽃으로 피워낸다는 거다
저승으로 들어간 영혼은 저승의 꽃이 되고
저승으로 들어가지 못한 영혼은 다시 여기 꽃이 되어
버티지 말고 저승 갈 때 저승 가라고 손짓하는 거다
별이 또 흐르는구나 맞은 편 골짜기 그녀 부엉이가
갈참나무숲의 부엉이를 부르는 거다
돌아오는 대답은 기다리지 않고 그저 부르는 거다
'그'도 소리 내어 누군가를 부르고 싶다

8

산막에 때 아닌 봄 눈이 왔다
검은 염소들은 밤새 잔등에 눈이 내려 하얗다
해 뜰 무렵이 한참 지나서야 눈이 멈추고
'그'는 염소들을 살피러 산막 밖으로 나섰다
춥고 눈맞은 지난 밤을 보내고도 아무 일 없다는듯이
염소들은 여기저기 흩어져서 풀을 찾고 있다
어느 염소는 '그'에게 다가와 머리를 비비고
'그'도 한쪽 팔을 뻗어 염소 이마를 쓰다듬는다
염소의 젖은 이마가 '그'의 손에 닿고
'그'의 손도 염소의 젖은 이마처럼 젖는다
눈이 왔으니 길마가지 마른 가지에 꽃이 달릴거다
여기저기 흩어져있는 산수유도 이어서 꽃을 피우고
염소가 껍질을 벗겨 먹은 생강나무도 노란 꽃을 달고
산등성이에서 제 꽃 닮은 별을 볼거다

9

산막에 들어온 지 일 주일이 지났다
내일은 산을 내려가 이것저것 사야 할 듯하다
먹을 것은 그리 많이 필요하지는 않지만
쌀과 물과 반찬 몇 가지와 휴지도 필요하고
염소들끼리 치고받아 생긴 상처에 바를 약도 살 것이다
황토실 아저씨네도 들러서
그동안 온 택배나 우편물도 찾고
황토실 아주머니 주무시는 곳도 다녀와야겠다
그러자면 하루해가 다 지나 늦게 돌아올 텐데
그래도 내일은 구름이 잔뜩 끼어 별들도 잠에 들거다
번잡한 시내에 들어갈 생각을 하면
벌써부터 '그'는 가슴이 답답하다
염소들도 무슨 꿈 꾸는지 어둠 속에 뒤척이는 소리에
'그'는 산막 밖으로 나와 멀리 산 아래를 바라본다
멀면서 멀지 않은 곳에 나와 있음을 '그'는 본다

10

내일 무얼 살 것인지 메모하는데
성격 안 맞아 떠난다고 떠난 그녀한테 메시지 왔다
성격은 맞을 수도 있고 안 맞을 수도 있는 거
그렇다고 훌쩍 떠날 일은 아닌 거다
함께 지내온 날이 하루 이틀 아니었고
성격 맞은 적이 한두 번 아니었다
내일 산막에 들릴 거라는데 '그'는 그곳에 없다
들릴 거라고 했지 보자는 얘기는 없었다
'그'가 없는 동안 그녀는 염소가 몇 마리인지
그동안 어떤 사진 찍었는지 카메라를 들여다볼 거다
'그'는 그동안 담은 봄밤의 별 사진을 모두 지웠다
염소들도 더 멀리까지 나가서 풀을 뜯을 것이고
내일 '그'는 황토실에서 하룻밤 지내고 오기로 한다
보고 싶은 사람 보는 거 더 괴로울 수도 있는 봄 날…

(다음 시집에 계속)

우화 · 1

골프 친다는 계획을 세우고
골프계 그래도 소문 있는 핑 브랜드 하나 구입했다

아직 이슬이 반짝이는 아침 풀밭에서
하얀 골프공을 몇 번 겨누다가
힘껏 골프채를 휘두르면 까마득히 날아가는 티샷
그 나이에 무슨 골프, 파크골프 치든지
기침 한번 해도 어깨 쪽에 담이 붙는다면서
레몬 물에 오늘은 꿀도 넣어 타 줄 테니 들고 가서
이 가을날 놀러 가는 경로당 어디 없나 알아보라는데
아름다운 오늘도 도착하고픈 목표는 있는 거다
그린 한가운데 홀컵에 꽂혀있는 삼각 깃발과
그 아래 홀컵 어둠에 낭낭한 골프공 떨어지는 소리
목표 가까이 풀꽃이 먼저 피어서
아직 가본 적 없는 내 좁은 길을 막을 수도 있지만
막는다고 목표가 없어지는 것은 아니지
골프장은 일단 들은 적 있는 BMW CC로 정하고

온양시장 긴 통로를 지나다 보면
난전에 내놓은 햇빛가리개용 우산이 있는데

핑 글씨 선명한 우산 오백 원 깎아 삼천 원에 구입했다
시작은 반, 반이나 왔다!

우화 · 2

시유지 한쪽을 빌어 대추나무를 심었다
사과대추나무 열두 그루인데
나무마다 이름을 달았다 베드로에서부터 유다까지

나무마다 잘 자랐다
베드로는 닭이 울기 전 세 번을 부인했다지만
그 후 세 번의 삼백 번에 삼백 번을 회개하고
그중 아름다운 제자가 되었다는 말을 믿고
들어가서 풀을 뽑고 약을 뿌려서 벌레를 잡고
가지를 벌려 수형을 잡아줄 때마다
네가 베드로구나 최고의 제자로구나 쓰다듬었다
그렇게 한그루씩 칭찬하며 보살피다가
맨 끝의 유다나무한테는 침을 뱉고
남들이 안 볼 때 그의 발등에 오줌도 누었다
자라거나 말거나 열매를 맺거나 말거나
그 아래 냉이풀이 자라서 냉이밭을 이루거나 말거나
그냥 두었다 꼴이 말이 아니었다

아름다운 가을이다
푸른 잎 사이 푸른 대추가 붉게 익었다
제멋대로 자란 유다나무 대추가 더 달다!

우화 · 3

온양장어집에서 가게 정리한다면서
살아있는 장어를 싸게 판다고 한다
장어를 싸게 샀다

장어 담은 양동이를 들고 오는데
산사나무 곱게 늘어진 가지마다 가을 햇살 고운날
정자에 앉아 있던 경로당 어른들이 물었다
거기 담겨있는 게 무엇이오 알고 싶소
나는 장어를 잡아 꺼내어 들어보였다
매우 크군 힘도 있어보이오 잘 샀소
이번 겨울 몹시 춥다는데 미리 잘 드시오
또 들어보라 해서 양동이에 손을 넣었다가
다시 꺼내들어 보였다 아까보다 더 크군
정자에 앉아있는 경로당 어른들은 함께 말하였다
그러면서 또 들어보라고 해서서
파란 양동이에 손을 넣어 장어 한 마리 들어보였다
물이 뚝뚝 떨어지고 꼬리로 내 손을 쳤다
그중에서 제일 싱싱하고 크군 회장님은
한무릎 다가앉으며 한마디 더 하셨다

산사나무 단풍 든 잎이 우수수 쏟아지는구나

양동이에는 장어가 한 마리일 뿐

자꾸 들어보라고 해서 자꾸 들어보였을 뿐…

우화 · 4

내일 베어내어 누군가의 장작 난로에 들어가도
오늘 사과나무는 사과 열매를 맺는구나

지난 봄부터 주인은 올해까지만 사과를 따고
나이 먹은 사과나무를 베어낸다고 했다
홍옥과 국광의 차이와
익은 사과와 풋사과의 차이는 알겠는데
나이 먹은 사과나무의 사과와
어린 사과나무 사과 맛의 차이를 나는 모르겠다
사과 과수원에 가득한 붉은 사과들을
해 넘어갈 무렵까지 보고 왔는데
그냥 모두 베어낸다는 말이 진심인지
사과나무들은 더없이 튼튼해 보였다
사과 한 알에 대고 이마를 툭 쳐도
사과는 떨어지지 않고 매달려있고
한 개 두 개 세어보지는 않았지만
지난해 왔을 때보다 사과는 더 많은 듯했다
그들의 생애 마지막 열매를 맺은 사과나무들

주인은 베어낸 자리에 다시 사과나무 심는다고 한다
사과 팔아 밥을 먹는 과수원 주인은 아는구나
새 사과나무 자라는 날까지 지구 종말은 오지 않음을!

우화 · 5

하늘이 파란 가을날
외미말 염시인님이 감자를 쪄왔다
패스튜리 좋은 아침 커피향 가득한 카페에 감자향

주인 모르게 숨어 먹는 음식이 더 맛있다
여러 종류 빵도 있고 음료수도 있는데
황토에 묻혀 여름내 꽃도 피운 감자를
나누어 먹는 동안은 여기 주메뉴가 감자다
햇대추 여럿 너무 급하게 먹고 체해서
새벽까지 뒹굴던 내 머리가슴배팔다리가
저 외미말 홍감자 한 알이면 회복될 텐데
내가 못 먹어도 맛있는 감자, 그리운 감자
참는다 저 날카로운 포크 끝에 딸려가는 감자
못 먹는 감자 찔러볼 필요 없지 그러므로
저건 감자가 아니다 지금은 아닌 거다!

우화 · 6

가을이 깊어가니 산문에 한 번 들리시오
문이 닫혀 있어도 밀면 열리오
사람 없어도 있는 듯이 여기고 이것저것 끓여드시오

아침 일찍 일주스님 메시지 받고 암자에 들렀네
마을로 내려가던 가을 단풍이 산문에 먼저 머물었고
반 넘게 물든 산벚나무 단풍잎 몇 개 주워 들고
마루에 앉아 닫힌 방문을 올려다 보았네
누가 여자 아니랄까 봐 도자기 풍경風聲을 기둥에 걸었군
세상의 모든 것을 빛나게 하는 아침햇살이 지나가며
내 어렸을 적 여사친 일주스님 풍경도 빛나게 하는군
라면 먹고 싶으면 작은 냄비 닦아놓았으니 끓여 먹고
그릇은 깨끗이 닦아놓을 것 그리 아니하면 지옥간다
메모 한 장 마루에 던져놓고 또 어디 가을 구경갔나
빈집 남겨놓고 언제 올지 모르지 매번 그러더라

겨울 되면 아마 돌아올 거라
산문 사립에 동안거 중 써 붙여 문을 꼭꼭 닫아놓고
눈 쌓인 내 발자국 다 녹은 봄날에 메시지 또 보낼 거라
…봄 날이 깊어가니 산문에 한 번 들리시오

우화 · 7

서대를 주문했는데
반쯤 말린 박대가 왔다
문전박대할 수 없어서 그냥 받았다

안면도 다녀올 때 배롱나무 붉게 핀 커브길에
누군가 흘린 소금 한 자루 주워다가
오래 두었더니 간수도 잘 빠져서 그 맛이 달달하네
한 줌 듬뿍 집어 나란히 누운 박대에 뿌리고
다시 뒤집어 한 줌 더 뿌려서
두 마리는 구어먹기 위해 따로 놓고
나머지는 고양이 피해 망에 넣어 빨래 걸이에 걸었다
유구에 가서 붉은 핑크뮬리도 보고
노란 들판에 서 있는 붉은 지붕 파란 대문집도 보고
이제 박대를 구워 먹을 시간, 맛있게 구워서
이른 햅쌀밥에 올려 먹을 시간
쫄깃한 구운 박대 맛에 가을이 깊어갈 시간

뭔일이다냐, 머리가슴배 중에 배가 다시 아프다
오늘 저녁에도 굶든지 죽을 먹으라는데
가을 저녁 박대 굽는 내음 참 좋은데…

우화 · 8

마늘과 보석을 나란히 놓고 팔면
마늘이 먼저 팔릴까 보석이 먼저 팔릴까

마늘을 받아 좌판의 빈자리에 올려놓고
하루 지나기 전에 마늘을 반쯤 팔았다
모조품이지만 보석 목걸이와 보석 귀걸이는
지난봄에 들여놓았는데 보석 목걸이 하나 팔았다
보석과 마늘은 종과 속이 다르다
전통시장 좌판에 올리는 데는 주인 마음이라서
보석은 마주 보게 걸어놓고 마늘은 푸짐하게 쌓았다
베트남댁 응우엔 콱이 산 목걸이 a/s 들어왔는데
마늘 두 통 주었더니 새 목걸이보다 좋아하는군
가을이 지나가고, 선물 철이 돌아와도
목걸이와 귀걸이는 남아있을 텐데
아마도 마늘은 모두 팔릴거다 저물 무렵
몽골에서 온 젊은 새댁은 마늘을 마저 모두 사고
귀걸이도 하나 얻어갔다

마늘 모양 닮은 목걸이와 귀걸이를 만들어볼까?
마늘 냄새도 나고 사람 냄새도 나고…

우화 · 9

무언가 휙휙 날아간다
두 사람의 오토바이맨이 던진 명함들

콘크리트 보도블럭에 아직 남은 풀섶에
명함 크기 광고 전단지는 별똥별처럼 떨어지고
돈을 빌려준댄다 일수로도 빌려주고 은행에서도
왜 빌려주는지 모르지만 걱정 말고 빌려가라는데
난쟁이 민들레처럼 쪼그려 앉아 들여다보는 사이에
비둘기도 슬그머니 내려와 함께 앉는구나
무엇인가 먹을 것이 떨어진 것으로 알았던 거다
그 튼튼한 부리로 두어 번 쪼아보고 그냥 날아간다
비둘기는 돈 빌릴 일이 없는 거다
주머니 속 새우깡을 꺼내어 비둘기한테 빌려줄까?
갚을 기한도 없고 이율도 없이 그냥 주고
차용증도 없고 보증인도 필요 없이 주고
역광장 날아가는 비둘기들을 모두 내 고객 삼을까?

주워서 들여다보는 사람은 없고, 별똥별처럼
날아가 꽂히는구나 빌려준다는 그 은행 앞 계단에도!

7부

살려야지

…세상의 수많은 소멸을 보며
별을 바라보는 동안 생성도 함께 보았다
소멸은 사라짐이 아니라
생성되는 것의 어느 나이테에 녹아드는 거
따숩다, 냉 커피 긴 컵을 잡았던 그의 손!

가만히 들여다보며

대추를 따면서
대추 너댓 알 먹고 나서 응급실에 또 갔다
한 알에는 천둥이 들어있었고
한 알에는 소나기가 들어있었고
한 알에는 이별과 한 알에는 이루어지지 않은 소망과
한 알에는 닿지 않는 거리의 그대가 들어있었다
내 안에 넣고 싶은 것이 많은 이 가을
며칠 지나 그동안 햇빛이 덜 닿은 쪽 대추가
푸른 잎 사이 붉게 마저 익으면 또 따야겠다
옆 라인 14층에 사는 이시꼬의 네 살짜리
발달장애 아들이 들어있는 대추
어미 찾은 오드아이 고양이가 들어있는 대추
가만히 들여다보며 또 아파야겠다
힘내라고
등을 두드려주고 가는 바람을 기다리며

살려야지

불부터 살려야지
시장에 다녀오시면 엄니는 성냥을 찾으셨다
고등어 한 손은 장독대 간장독 위에 던져두고
여름 한철에도 불부터 살리셨다
처마 아래 채송화 몇 줄기, 담장의 해바라기 몇 포기도
틈날 때마다 물을 주어 살리셨다
상추에 묻어온 달팽이 어린 것도 데리고
다시 텃밭에 다녀오셨다
살아계신 시부모 모신 사람들끼리 엮은
깨진 팥죽 계도 오죽 어려우면 깼겠느냐고 살리셨고
시증조할아버지 둘째 부인 불쌍하다고 제사날도 살리셨다
폐병으로 다 죽어가던 나도 살리셨고
골방에서 요양하며 잃어버린 내 사춘기도
집 앞 빈터에 환한 꽃 복사나무 한 그루 심어 살리셨다
살리는 걸 우선하셨다
그런 우리 엄니 아는 사람 세상에 별로 없지!
…양지 꽃을 살려야지 엄니 무덤 봉분 새로 올리며
봉분 둘레 사는 양지꽃을 나도 다시 심었다

151

진행의 내면

천년을 산다는 은행나무
그가 죽는 천 년의 그날은 하루 중 언제일까?
새와 별이 앉아있던 수많은 가지가 하나씩 마르고
개미와 매미 애벌레가 타 넘던 뿌리도 하나씩 마르고
함께 걷던 가을날의 노란 잎의 황홀한 시간을 지나며
마침내 모든 물의 흐름이 딱 멈추는 그 시각은?
누군가 태어나던 오월의 눈부신 날부터
백 살 되어 흰눈 흩날리는 세상 떠나는 그 시간 동안
은행나무의 죽음은 천천히 진행되는지도 모르지

…저렇게 고라니 한 마리 큰 길가에서 죽는 시간은
차라리 짧아서 고맙다

사기詐欺 열전초抄

어머니, 오늘 나는 이마가 예쁜 한 남자를 찾아서
그를 15층 옥상으로 데리고 가서 아래로 밀었어
떨어지지 않기 위해 버둥거리는 그의 가냘픈 몸에
오래전부터 그의 허리에 차고 다니던 총을 쏘아줬어
가난한 나한테 영화리뷰 사기를 쳐서 오백만 원을 가져가고
더 빼앗기 위해 아닌듯이 계속 접근하는 그를 잡아서
그의 그 헛된 기대와 조마조마함이 가득한 몸이
허공에서 잠시나마 새처럼 자유롭게 날도록 했어
반짝반짝 빛나는 코인에 밤새도록 태그했는지
고운 그녀 선물에 내 돈을 귀하게 썼는지 모르지만
처음부터 지금까지 그를 받아주고 밥 먹게 한 땅에서
편히 잠들게 했어 그의 악마도 함께 가더군
어머니, 그는 남겨두고 악마만 보낼 걸 그랬나?

한 사람
- 임성관(창수)

아홉 마리 길고양이 집을 지어주고
점점 커가는 것을 바라보는 것도 즐거움이네
안 봐두 짐작되시죠? 무럭무럭 잘 자라고
언제까지 내 무릎에 얼굴 비벼댈지 모르지만
고양이들 먹을 양식도 주기적으로 사들이고
집에 깔아줄 이쁜 옷가지도 준비하는 동안
비슷비슷한 그들 얼굴도 구별이 되었네
수컷 다섯, 암컷 네 식구 오글거리는 내 집
인구는 국력, 그들은 다시 식구를 늘려야 되는데
수술 가능하대서 이집 저집 고양이로 입양시키고
하루 이틀쯤 고양이들 집을 비우게 되었다
빈집이란 이런 거구나 내일이면 수술받고 온다는데
나는 순간순간 이렇게 기다리는 게 많은가!

흔적

지난 봄날 무화과나무 푸른 새잎 날 때
모두 뽑아내고 그 자리에 높은 담장을 만들었어
무화과나무 아래 살던 푸른 개구리가 있었는데
그때 푸른 개구리도 누군가의 뒷걸음에 밟혔어
열 개 발가락 중에 한 개만 밟혀도 아프지
온몸을 밟힌 푸른 개구리는, 어땠냐고 묻지 마
이웃에 살던 푸른개구리가 그 걸 보았어
며칠 후면 땅 속에서 나와 무화과나무 아래에서
봄날의 금빛 햇살이 만든 그늘에 나란히 있을 텐데
혼자 있는 거 어떠냐고 묻지 마, 오늘도 담장에 앉아
누군가의 무심한 뒷걸음질을 지켜보고 있어
…단풍 잎 고운 이 가을에도 저승은 곳곳에 있군

들깨수제비

들깨를 털며
멍석 밖으로 나가는 것은
나가게 내버려두고 들깨를 털며
멍석 밖으로 나가는 들깨 한 알의 어두운 밤을 위해
달을 하늘에 띄워놓고 들깨를 터는 동안

우리는 이번 가을의 주름살이 지는데
주름살 밖 맑은 가을 하늘의 피부는 더 윤이 나네
…들깨가 한 말 나오거나 말거나
반죽이 잘 되어야 맛있는 수제비
금방 턴 들깨 한 줌의 고소함

대추

한강작가가 노벨문학상을 받은 후 파키스탄에서 온 닭집 모하메드는 내 메시지도 귀하게 보존한다 노벨문학상 작품을 받은 나라 시 쓰는 사람의 글이라면서 이제 막 읽고 쓰기 시작한 한글, 노벨문학상 수상작품을 원어로 읽을 수 있으니 얼마나 고맙냐고 한다 일이 잘될 때 보령 성주탄광 골목길 아이들도 천원짜리는 쳐다보두 않고 만원짜리 들고다녔다는 것처럼 노벨상 받은 이후 이제 우리도 밤새워 쓴 글 한 줄에 만원짜리는 쳐다보두 않는거다

하나로마트에 가서
대추값을 알아보았네
작은 내 손 한 줌에 만원이 넘네
그래야지, 그 대추 안에 들어있는 지난 봄날과
여름가을과 겨울이 만원빵은 아닌 거다!
올해는 대추가 참 달다

깻잎

어두운 밤길 가는 중이었음
길을 잘못 들었음
별도 보이지 않고
바람도 불지 않음
동서남북 어디인지 몰랐음
길을 벗어나 두어 걸음 걸으며
무언가 손에 닿은 것들
…깻잎 내음, 들깨밭이구나
잘 못 든 길 어딘가에
마을이 가깝구나!

휴식

손수레에 담긴 박스들
안에 담았던 짐을 내려놓고
서로 등을 맞대고 쉬는 동안

김밥 한 줄 먹으러 간 손수레 주인도
뜨거운 어묵 국물에 속이 든든하겠네

된서리도 오래된 담장에 흠뻑 내렸다
내일은 박스 내놓은 집 뒷곁의 감을 딸 거란다!

골목 안 풍경

1. 그 꽃집

아침 일찍 꽃집 문을 열 때
그녀한테 새벽에 배달된 빵 냄새가 난다

2. 그 약국

점심에 잠깐 약국 문을 닫을 때
그녀한테서는 누군가 주고 간 꽃향기가 난다

3. 그 빵집

밤 늦게 빵집 불을 끌 때
그녀한테서는 어깨에 붙인 파스의 멘톨향이 난다

4. 그 골목

꽃도 살 수 있고 멘톨 향의 파스도 살 수 있고
빵도 살 수 있는 우리 집 골목에

담장마다 재개발지구 붉은 글씨 선명하다
담장에서 나팔 꽃씨는 변함없이 쏟아지고 있네

꽃이 왔다

꽃이 내게 왔다
그의 작은 손에서 꽃은 크게 한 묶음
어떤 꽃을 고를까
그의 마음도 꽃이 되어 한 아름…

나도 밝아졌다, 내 마음의
폐허를 보는 그의 눈은 밝구나!

상강

　은퇴 목사님한테 보낼 양말을 지난번에 사놓고 보내지 못
했는데 아침에 보니 국화밭에 서리가 내렸다 국화는 서리 레
이스를 달고 그 향기가 더 진해질 거네 여든세 살 그녀는 툇
마루에 햇볕 들어 데워지기 전까지는 찬마루 딛지 말아야 할
텐데

　산고양이 집에 지난 몇 해 전부터 신던 양말까지 벗어 바
닥에 깔아주셨을 거라 그녀 자주 기대어 앉는 산벚나무 단풍
든 잎의 하얀 잎맥이 더 하얘지고 있겠구나

　우리가 부르던 노래도 하나씩 잊어가고
　부르면 대답하던 이름들도 하나씩 떠나는 시간에
　서리는 올해도 내려 단풍은 곱다
　떠나는 시각에 맞추어 내 앞에 와 닿는 또 하나의 길

가을

감 나무집 그녀는 어여쁘다
감을 따면 제일 먼저 맛을 보는데
맛이 들어 달달 할 때 나를 부른다
머리가 희끗희끗 손등엔 검버섯도
감 나무집 그녀한테서는 모두 빛난다
감 나무집 그녀는 먹고 들어가는 게 많다
그 웃음, 그 목소리, 그 손짓과
슬그머니 옆에 내리는 감잎 단풍같은 옆자리…

누운 부처님

꽃 이불 덮고 누우신 조계사 부처님은 발에서도 꽃 내음이
나고 코딱지와 눈곱에서도 꽃내음이 나네 나를 불러주신 때
가 딱 한 번 있었는데 내가 딴짓하느라 듣지 못했네 불러주
실 때의 입김이 꽃내음으로 여전한 걸 보면 그간의 내 딴짓
을 야단치려고 찾지는 않으신 모양…

꽃 요를 깔고 누우신 부처님 엉덩이의 꼬무락지도 꽃이 되
고 있네 뿌리가 깊이 박혀 통증이 심하지만 누우신 부처님
몸 한 부분의 통증은 온몸을 지배하지 못하지 누군가 내고
간 가슴의 상처도 상처가 되지 못하지 베고 누우신 베개도
꽃베개, 그에게 닿은 모든 것은 꽃이 되네

부처님 몸에 태그된 꽃들도 어느 사이엔지
……천 분의 부처님

크리스마스카드에 쓴 시

11월 첫날 크리스마스 카드를 받았다
손글씨가 참 예쁘다
두 달 동안 크리스마스를 기다리며
그의 소원과 내 소원을 들여다볼 거다
그동안 별마다 내려놓은 내 소원을
그의 봉투에 담아 그의 소원 옆에 나란히 둔다
…소원은 이루어지지 않아서 소원이라는데
딱 하나, 서로 중심이 되어주는 서로의 북극성이길
다시 들여다보아도
손글씨 예쁜 걸 보면 손도 따스울 거다
눈 내릴 그날은 멀지만
눈 오는 창밖을 바라볼 따스한 찻집 하나 찾아야겠다

용담꽃

잎은 마주나며, 난형이다 잎 가장자리와 잎 줄 위에 잔돌기가 있어 까칠까칠하다 꽃은 8-10월에 줄기 끝과 위쪽 잎겨드랑이에서 1개 또는 몇 개가 달리며, 보라색 또는 드물게 흰색이다 꽃 자루는 없다 꽃받침은 종 모양, 5갈래로 갈라진다 화관은 끝이 5갈래로 얕게 갈라지고, 갈래 사이에 삼각형의 부화관 갈래가 있다 수술은 5개, 암술은 1개다

꽃을 설명으로 알겠는가
어렸을 적 여사친 명자를 설명하면 모습을 알겠는가
보라색 용담꽃 닮은 명자와
명자를 닮은 보라색 용담꽃이
모퉁이길 오래된 꽃집에 있네
벽에 '철거' 빨간 글씨 그 꽃집

1달러

북경 이화원 앞에서
붓 한 자루 내밀며 1달러를 외치던 그 소년은
지금쯤 만리장성 어디쯤에서 그때를 기억할까?
북반구의 저물녘 안개가
얼굴 깊이 숙인 청나라 병사들처럼 밀려들고
내가 떠나보낸 그 왕비는 이화원에서
얼마나 날 그리워하다 긴 속눈썹의 눈을 감았을까?
10달러를 내밀고 붓을 받아 들던 순간
그 소년은 별똥별처럼 안개 속으로 사라지던데
나도 이화원 주인이 된 그 왕비 눈에
안개 속으로 홀쩍 사라진 그 사람이었을까?
붓 한 자루 1달러
이화원의 삼백 년 전 그 사람 생각나게 하는 1달러,
대추와 감과… 살 것 많은 이 가을을 위해
환전 하러 가자, 은행 창구 너머
이화원의 그녀가 문득 와 있을지도 모른다!